Projet oXatan

ÉTONNANTS • CLASSIQUES

FABRICE COLIN

Projet oXatan

Présentation, notes et dossier par
SARAH GABILLET,
professeur de lettres

GF Flammarion

Le fantastique et la science-fiction
dans la même collection

Bordage (Pierre), *Nouvelle Vie^{TM} et autres récits*
Bradbury, *L'Heure H et autres nouvelles*
L'Homme brûlant et autres nouvelles
Buzzati, *Nouvelles étranges et inquiétantes*
Chamisso, *L'Étrange Histoire de Peter Schlemihl*
Gautier, *La Morte amoureuse, La Cafetière et autres nouvelles*
Gogol, *Le Nez, Le Manteau*
Hobb (Robin), *Retour au pays*
Hoffmann, *L'Enfant étranger*
L'Homme au Sable
Le Violon de Crémone, Les Mines de Falun
Kafka, *La Métamorphose*
Langelaan (George), *La Mouche, Temps mort*
Le Fanu (Sheridan), *Carmilla*
Matheson (Richard), *Au bord du précipice et autres nouvelles*
Enfer sur mesure et autres nouvelles
Maupassant, *Le Horla et autres contes fantastiques*
Mérimée, *La Vénus d'Ille et autres contes fantastiques*
Nouvelles de fantasy 1 : Sur le seuil, L'Homme en flammes
Nouvelles fantastiques 1, Comment Wang-Fô fut sauvé et autres récits
Nouvelles fantastiques 2, Je suis d'ailleurs et autres récits
Poe, *Le Chat noir et autres contes fantastiques*
Pouchkine, *La Dame de pique et autres nouvelles*
Shelley (Mary), *Frankenstein*
Stevenson, *Le Cas étrange du Dr Jekyll et de M. Hyde*
Stoker (Bram), *Dracula*
Villiers de L'Isle-Adam, *Véra et autres nouvelles fantastiques*
Wilde, *Le Fantôme de Canterville et autres nouvelles*

Texte Fabrice Colin / Illustrations Manchu (p. 28, p. 33, p. 44, p. 105, p. 109, p. 125, p. 159).
Édition revue, 2012.

ISBN : 978-2-0812-7909-4
ISSN : 1269-8822

SOMMAIRE

Photo Philippe Matsas © Opale

■ Fabrice Colin.

PRÉSENTATION

Fabrice Colin, l'« enchanteur »

Fabrice Colin écrit pour les adultes et, depuis 2001, il publie également pour la jeunesse. Auteur de romans, de nouvelles, mais aussi scénariste de bandes dessinées, il affectionne l'univers de la *fantasy*, de la science-fiction et du fantastique, où son nom compte parmi les nouveaux talents du genre. « Fabrice Colin est un enchanteur, ses romans et ses nouvelles provoquent un sentiment jubilatoire d'émerveillement », écrit Jacques Baudou dans *Le Monde* (2003).

Né en 1972, Fabrice Colin fait paraître ses premiers romans, *Neuvième Cercle* et *Les Cantiques de Mercure*, en 1998 aux éditions Mnémos. Son inspiration littéraire est éclectique (de Tolstoï à John Fante !), à l'image de sa propre production qui nourrit une bibliographie déjà très riche [1]. Cependant, son domaine de prédilection demeure l'exploration de mondes imaginaires.

Son roman *Projet oXatan* a paru la première fois en 2002 et a été couronné par plusieurs prix : les Incorruptibles 2003/2004 (sélection 4e/3e) ; Gayant-Lecture 2003 (catégorie 13/15 ans), lors du Salon du livre de jeunesse de Douai ; et Livre d'or des jeunes lecteurs (catégorie senior), lors du quinzième Salon du livre de jeunesse de Valenciennes.

---

1. Dans le dossier, nous indiquons les romans de Fabrice Colin pour le public jeunesse, p. 217.

Projet oXatan : entre science-fiction et fantastique

Planète Mars, dans les années 2540. Quatre adolescents vivent en reclus, sous la surveillance de mademoiselle Grâce (dite MG), dans une demeure appelée le « Bunker », située au fond d'un cratère et entourée d'un marais infesté d'alligators. Un jour, ils décident de partir explorer le monde, mais ce sont leurs origines qu'ils vont découvrir, aidés de Sandoval venu les délivrer des griffes de MG. D'aventures en rebondissements, *Projet oXatan* est un roman envoûtant, à la croisée du genre fantastique, du conte merveilleux, de l'univers de la science-fiction et de la *fantasy*. Essayons donc de distinguer les traits spécifiques que le récit emprunte à chacun de ces « genres » pour percevoir ses différentes composantes et saisir sa richesse dans toute sa diversité.

D'emblée, le cadre spatio-temporel de l'action associe *Projet oXatan* au genre de la **science-fiction** : le roman se situe sur la planète Mars, qui a été « terraformée (c'est-à-dire transformée en planète habitable) il y a deux cents ans, vers le milieu du XXIVe siècle » (p. 29) ; l'histoire se déroule au XXVIe siècle – on peut dater la naissance des adolescents en 2528. Le lecteur est donc projeté dans un futur imaginaire, riche en technologies nouvelles : Arthur ne quitte pas son « naviborg », ordinateur aux multiples potentialités (écran holographique, logiciels de traitement de texte, de dessin assisté, banque de données, etc.) et les « vieux [films] 2D, même pas interactifs », sont détrônés par les « idels », « films auxquels les spectateurs peuvent participer depuis leur fauteuil » (p. 35). Comme tout auteur de science-fiction, Fabrice Colin s'appuie sur l'état d'avancée des sciences et des technologies de son époque pour construire un monde fictif, mais possible dans l'avenir. Et, envisageant les évolutions de l'homme et de la planète, il propose une réflexion morale sur l'identité humaine – les « androbots » ou « androïdes » et le cyborg Armistad invitent à s'interroger sur la définition de l'humain. Dans le roman, Sandoval travaille pour le compte du « Comité d'Éthique Mondial » qui veille à ces questions. De ce point de vue, le récit de science-fiction exploite le « sentiment moderne de l'incertitude [...], jouant le même rôle que les mythes dans les civilisations préscientifiques[1] ». Aux interrogations des hommes sur leur propre nature, sur le fonctionnement du monde qui les entoure et sur leur devenir, il offre une réponse imagée et symbolique à la manière des mythes anciens expliquant l'origine du monde.

Projet oXatan ne crée cependant pas un univers totalement imaginaire. Bien au contraire, c'est en puisant aussi dans l'environnement familier du lecteur (les adolescents lui ressemblent, le Bunker a tout d'une maison « classique », tenue par MG qui joue le rôle de mère) qu'il parvient à le déstabiliser et à susciter suffisamment son intérêt pour l'empêcher d'interrompre sa lecture. Dans cet univers proche de celui du lecteur surgissent des phénomènes étranges qui perturbent l'ordre établi et semblent indiquer que le monde représenté n'est ni rassurant ni totalement régi par des lois rationnelles. Dès lors, le lecteur hésite sur l'interprétation à donner à ces manifestations surnaturelles que sont les rêves prémonitoires de Phyllis et d'Arthur ainsi que la Voix qui s'adresse aux enfants. Faut-il leur adjoindre une explication rationnelle – ces rêves sont l'expression de l'inconscient des personnages ; la Voix est celle d'un individu bien réel – ou accepter l'existence à part entière du surnaturel – développement d'un sixième sens des enfants ; existence d'une entité invisible qui s'adresse aux héros ? Cette hésitation, nous dit le théoricien Tzvetan Todorov, relève du **genre fantastique** : « Le fantastique occupe le temps de cette

1. Roger Bozzetto, *La Science-fiction*, Armand Colin, coll. « 128 », 2007, p. 9.

incertitude[1] » et réside précisément dans la brèche ouverte par cet instant de doute. Le lecteur ne comprendra l'inquiétante origine de ces manifestations que lors du dénouement, en même temps que les protagonistes eux-mêmes ; on quittera alors le domaine du fantastique.

Si le roman s'inscrit dans la tradition fantastique, c'est aussi parce qu'il en exploite un motif récurrent : celui de la relation entre un créateur et sa créature artificielle[2]. À la fin du récit, la scène de confrontation entre Armistad et les adolescents souligne à la fois le dégoût profond des enfants qui refusent la mainmise du « créateur » sur leur vie et l'impossible quête d'amour et de reconnaissance du créateur dont la folie a provoqué le reniement de ses « créatures ». On retrouve, inversé, l'un des thèmes développés par le roman fantastique de Mary Shelley, *Frankenstein*, classique du genre. Dans ce texte, le savant fou est saisi d'horreur en considérant le monstre auquel il a donné vie, et la créature, elle, en appelle aux responsabilités « paternelles » de son auteur et exige de lui l'amour et la considération qui lui sont dus.

Cette inspiration fantastique ne saurait cependant évincer les allures de **conte merveilleux** que prend parfois l'œuvre de Fabrice Colin. Arthur lui-même, seul dans la forêt à la recherche du vaisseau spatial, confirme ce rapprochement : « J'ai l'impression de me retrouver dans un décor de conte de fées. Un drôle de conte de fées lugubre ! » (p. 104). Comme les contes merveilleux, qui situent leur histoire dans un espace-temps indéfini (le temps « jadis » qu'introduit la formule « il était une fois »), *Projet oXatan* offre un décor étrange entre végétation tropicale et pyramide maya. Certains êtres paraissent franchement hostiles aux héros et constituent des obstacles à leur quête. Ainsi en est-il des terribles alligators qui peuplent les marais. MG s'apparente à une

1. Tzvetan Todorov, *Introduction à la littérature fantastique*, Seuil, 1970.
2. Voir dossier, p. 206.

marâtre ; son amour est tellement possessif qu'il en devient destructeur. Les ogres, eux, se révèlent finalement moins effrayants qu'il y paraît.

La légende maya elle-même, racontée par MG, se donne à lire comme un conte dont la symbolique est une clé pour comprendre le personnage d'Armistad ; elle offre aussi une note d'espoir aux aventures des quatre adolescents car, dans la légende, oXatan finit par comprendre que son désir narcissique est mortifère. Il rend leur liberté aux ogres qu'il gardait sous son pouvoir et laisse croître les arbrisseaux à l'extérieur de la pyramide, qui deviennent des enfants. Cette légende invite à opérer une lecture symbolique de l'ensemble du récit, qui s'apparente à une réflexion sur l'apprentissage de la liberté et le difficile passage de l'enfance à l'âge adulte. Par la découverte du mensonge de MG sur leur origine, puis par celle de leur véritable identité, les héros perdent l'insouciance de leur enfance et portent en eux le poids des révélations qui leur ont été faites. Leur départ de l'Éden à bord du vaisseau de Sandoval consomme la rupture avec le seul univers qui leur était connu et familier, pour les entraîner vers une ville inconnue où ils devront s'assumer tout seuls. MG, par son refus de les laisser grandir, a tenté longtemps de repousser cette échéance, attisant malgré elle le désir irrépressible des enfants d'« aller voir ailleurs ». Et c'est avec une ironie teintée de tristesse qu'Arthur se demande s'il ne faut pas regretter le temps où lui et ses compagnons ne savaient rien, si leur ignorance, qui pourtant les minait, ne constituait pas un certain « état de grâce » qu'il aurait été bon de prolonger. Cette dimension didactique du récit rejoint l'une des finalités du conte et la portée universelle de son message.

En puisant à la source du mythe et du conte merveilleux, *Projet oXatan* se rapproche aussi de la ***fantasy***, dont on retrouve de légers traits dans le roman. Les références à ce genre ne sont qu'allusives : point de magie ni de sorciers ici, pas non plus de mention de la période médiévale – éléments constitutifs de l'imaginaire de la *fantasy* –, mais « un dieu imaginaire, une sorte d'homme-machine [...], oXatan, le maître des ogres robots » (p. 169), et un personnage, Arthur, qui devient « héros malgré lui », qui doit aller au bout de ses découvertes, si douloureuses soient-elles. Là s'arrête la parenté avec la *fantasy*. En effet, l'auteur de *fantasy* a tout pouvoir de créer son monde de toutes pièces, sans souci de vraisemblance ni de mimétisme ; dans *Projet oXatan*, le domaine de l'imagination est volontairement restreint par les contraintes narratives d'une fiction qui se veut réaliste. Une des finalités de *Projet oXatan* n'est pas de créer un univers nouveau, mais bien de faire réfléchir le lecteur à ce que pourrait devenir le monde dans un avenir plus ou moins proche.

À la croisée du récit de science-fiction, du roman fantastique, du conte merveilleux et de la *fantasy*, *Projet oXatan* ne serait-il pas d'abord un **roman d'aventures** dont les influences diverses rendent l'intrigue plus dense ? Souvent assez violente, l'action y est omniprésente et les héros affrontent des adversaires redoutables. L'étude de la psychologie des personnages est subordonnée au suspens, même si l'identification aux jeunes héros est aisée pour le lecteur adolescent auquel le roman s'adresse. La vision du monde, à travers les points de vue de MG et de Sandoval, se révèle assez manichéenne[1], mais prend tout son sens grâce à la dimension rétrospective du récit et à l'angoissante question qu'elle soulève : « Comment en est-on arrivé là ? » Ainsi, dans *Projet oXatan*, tous les ingrédients indispensables au roman d'aventures se conjuguent pour offrir au lecteur une histoire riche en rebondissements, dont la narration est savamment orchestrée par le jeune Arthur.

---

1. ***Manichéenne*** : organisée selon une opposition tranchée du bien et du mal.

Une construction dramatique

Dans le prologue, trois morts sont annoncées : tout le suspens est-il donc réduit à néant dès le début du roman ? Bien au contraire, cette annonce anticipée provoque chez le lecteur l'envie irrépressible de comprendre quels épisodes ont pu mener à cette fin tragique. Ainsi *Projet oXatan* est-il bâti sur un *flash-back* initial qui maintient la tension dramatique intacte jusqu'au dénouement. Le suspens est stratégiquement entretenu tout au long du récit et la curiosité du lecteur ne pourra être assouvie avant la dernière page.

Or le lecteur, outre qu'il cherche lui aussi à comprendre le fin mot de cette étrange histoire, se trouve particulièrement impliqué par le procédé narratif utilisé : *Projet oXatan* se présente comme un **récit écrit à la première personne**, où Arthur, le narrateur, s'adresse directement au lecteur en l'interpellant régulièrement d'un « vous » complice. Le lecteur se trouve donc aussitôt happé dans l'univers des quatre adolescents et se découvre, malgré lui, associé aux terribles découvertes des héros. Il faut souligner ici l'originalité de *Projet oXatan*, fiction futuriste rédigée sous forme de journal intime. À travers la plume (ou plutôt le clavier) d'Arthur, Fabrice Colin insiste sur le pouvoir cathartique [1] de l'écriture. La rédaction de son journal de bord permet au protagoniste de briser momentanément la solitude et l'isolement dans lesquels il se trouve et d'ouvrir un dialogue fictif avec un interlocuteur [2] pour compenser le manque affectif qu'il ressent. Au fur et à mesure du roman, Arthur comprend l'importance de ce recours quotidien à

1. ***Cathartique*** : libérateur (Aristote a défini la *catharsis* comme une libération purificatrice des passions du public qui assiste à une tragédie).
2. « [...] au moins, j'ai l'impression de parler à quelqu'un », écrit Arthur (p. 74).

l'écriture : « Plus ça va, et plus ce journal devient vital pour moi » (p. 129).

Or ce journal de bord, malgré la succession des jours 1 à 13 constituant de brefs chapitres, n'offre pas une progression narrative linéaire. Le roman tout entier est bâti sur un **retour en arrière**. Puis, au sein de la narration, de multiples « microphénomènes » temporels viennent rompre la continuité du récit. Il faut citer tout d'abord d'autres *flash-back* internes au récit rétrospectif, parmi lesquels celui du jour 7 – le retour de Jester est annoncé, puis immédiatement suivi de l'évocation des événements de la veille – et celui du jour 9 – après avoir vu le contenu du fichier du microdisk, Arthur relate la discussion qu'il a eue avec Phyllis, trois jours avant, au sujet des ressemblances troublantes de leurs souvenirs d'enfance respectifs.

Ces procédés narratifs se doublent parfois d'**explications rétrospectives** (caractéristiques du roman d'aventures), comme au jour 13, lorsque MG dévoile aux adolescents l'effroyable vérité sur Armistad. Cependant, ces nombreux retours en arrière ne comblent pas toutes les ellipses narratives, notamment à propos de l'enfance des héros.

À l'inverse, l'auteur manie aussi l'**anticipation**, lorsque Sandoval est mentionné (jour 11) sans qu'on ait aucune information sur lui (le personnage ne réapparaît que quelques pages plus loin et l'on découvre alors le rôle qu'il joue dans l'histoire), ou donne parfois de brusques impulsions à son récit. Ainsi au début du jour 11, quand Arthur écrit : « Je me suis enfui. J'ai quitté le Bunker » (p 97). Le laconisme [1] de la formulation retranscrit l'**accélération** dramatique de l'histoire.

---

1. ***Laconisme*** : brièveté.

Quatre adolescents pas tout à fait comme les autres

Habile conteur, **Arthur** nous rapporte l'histoire extraordinaire de quatre adolescents du XXVIe siècle. Il nous livre son autoportrait au jour 1 et sa sincérité, teintée d'autodérision lorsqu'il avoue sans ambages qu'il est « un peu enveloppé, comme garçon » (p. 27), le rend immédiatement sympathique. Jour 2, il brosse les portraits antithétiques des deux filles de la bande, **Phyllis**, qui « est vraiment une fille étrange » (p. 34) et se distingue non par sa coquetterie mais par sa vivacité intellectuelle, et **Diana**, « superjolie, mais pas superintelligente » (p. 34). Jour 3, Arthur dresse le portrait vivant, en actes et en paroles, du « petit mec blond toujours bien coiffé, qui n'arrête pas de causer de sport et tout » (p. 39), **Jester**, envers lequel il est partagé entre jalousie, dédain et affection fraternelle.

Le lecteur se reconnaît dans ces personnages un peu stéréotypés, auxquels il s'identifie facilement. Cependant, les « **pouvoirs psi naturels** » (p. 124) dont sont dotés les adolescents les situent en dehors des normes humaines et constituent le terrain favorable à l'épanouissement de leur sensibilité exacerbée aux phénomènes étranges et inexplicables. On notera que seuls Phyllis et Arthur exploitent cette faculté, Jester et Diana étant des héros plus « ordinaires ».

Les quatre adolescents vivent à l'écart du reste du monde, dans une sorte de prison dorée, dont ils rêvent de s'échapper pour connaître la « vraie vie ». Leur **quête de liberté** est corrélée à celle de leur **identité** : sortir du Bunker signifie aussi découvrir leur origine. Arthur voulait à tout prix comprendre le mystère qui entoure leur venue au monde, et le tribut à payer pour l'accession à cette vérité se révèle très lourd. Il implique la perte de l'innocence propre à l'enfance et la confrontation à la mort d'êtres chers ; il signifie aussi prendre conscience que les adultes peuvent mentir et que l'amour n'est pas toujours un sentiment noble et équilibré.

Un bunker au milieu de l'Éden : la symbolique des lieux

Dans le parcours initiatique des héros, les lieux jouent un rôle important. Ce cadre dans lequel surgissent des phénomènes étranges comporte aussi une dimension symbolique.

L'histoire se déroule sur **Mars**. Le choix de cette planète n'est pas innocent : il est associé à un **contexte de science-fiction**. La planète rouge véhicule une forte charge imaginaire ; elle fascine les Terriens que nous sommes et qui nous prenons à rêver de sa « terraformation ». Ce phénomène demeure pour le moment du domaine de l'irréel, mais Arthur nous précise que les premiers Terriens se sont installés sur la planète rouge au XXIVe siècle... La mention, dès la première page, de **Deimos II**, lieu associé à la civilisation, fait directement référence au monde grec ancien, puisque ce nom est la transcription presque exacte du mot grec signifiant « territoire appartenant à un peuple », puis, par extension, le peuple lui-même. En l'espace de quelques lignes, on passe de l'univers de la science-fiction à celui de l'**Antiquité**, envisagée ici comme période historique fondatrice de la démocratie. Deimos II constituait déjà le décor de la nouvelle de Fabrice Colin « Potentiel humain 0,487 [1] ». Cette « cité martienne [...] située aux abords fantastiques du mont Olympe (altitude : 26 kilomètres) » y est présentée ironiquement comme le « plus brillant symbole de la prospérité martienne » ; or la suite

1. Fabrice Colin, « Potentiel humain 0,487 », in *Les Visages de l'humain*, Mango Jeunesse, coll. « Autres Mondes », 2001 ; voir aussi dossier, p. 190.

de la nouvelle prouve que la vie à Deimos II est loin de favoriser le développement harmonieux de la société.

L'évocation de l'**Éden** où vivent les adolescents est elle aussi empreinte d'ironie : paradis-prison ou cocon destructeur, on est loin du paradis terrestre décrit dans la **Bible**. « C'est une sorte de marécage couvert de roseaux et d'arbres gigantesques avec des branches tombantes. Bourré d'alligators et de rats d'eau » (p. 29). Au milieu de l'Éden trône un étonnant bâtiment baptisé le **Bunker**, abri fortifié, où sont confinés MG et les quatre adolescents. C'est « un énorme parallélépipède rectangle de trois étages, tout en verre, en pierre et en bois » (p. 28). La connotation militaire du nom n'aura pas échappé au lecteur et les deux croquis enchâssés dans la narration du jour 1 matérialisent le caractère étouffant du lieu. La référence au Bunker permet d'aborder d'emblée la thématique de l'enfermement, physique au sein de la maison, mais aussi psychologique, puisque les enfants sont privés de tout contact avec le monde extérieur, totalement diabolisé par MG.

Enfin, la pyramide, « énorme, monumentale », qui trône dans le cratère fait allusion à la légende maya qui donne une clé pour comprendre le terrible personnage d'Armistad à la fin du roman.

Progrès technologiques et risques bioéthiques

Roman d'aventures pour la jeunesse, *Projet oXatan* incite aussi à réfléchir sur la condition de l'homme moderne, sur le fondement de son identité et sur son rapport à l'évolution technologique.

Armistad, qui n'apparaît véritablement qu'à la fin du récit, est doté d'une charge dramatique très importante et fait surgir les questionnements éthiques associés au progrès scientifique. De ce point de vue, et par sa démesure qui le conduit à vouloir contrecarrer les lois de la nature et maîtriser celles de la création, Armistad s'inscrit dans une longue tradition qui, depuis Prométhée et Icare, figures de la mythologie grecque, souligne la relation complexe qui unit risque et progrès. **Prométhée**, dont la légende dit qu'il donna naissance aux premiers hommes en les façonnant avec de la terre glaise, fut sévèrement puni par Zeus après avoir dérobé aux dieux le feu, source de toutes les techniques, pour l'apporter aux hommes ; il fut enchaîné au sommet du Caucase et condamné à avoir le foie continuellement dévoré par un aigle. **Icare**, lui, grisé par le fait de pouvoir voler grâce à des ailes de plumes et de cire, n'a pas écouté les mises en garde de son père Dédale et s'est approché trop près du soleil, qui a fait fondre ses ailes et l'a précipité dans la mer.

Comme ses doubles antiques, Armistad est victime de son rêve démesuré. Son invention se retourne contre lui, la « matrice » le transforme en « homme-machine ». Plus fondamentalement, le projet de ce savant fou conduit à s'interroger sur le progrès scientifique. Les évolutions technologiques, qui permettent la robotisation des humains ou la création d'androïdes, ne représentent-elles pas une menace pour l'homme ? et ne conduisent-elles pas à repenser la notion d'humanité ? Par ailleurs, la naissance des quatre adolescents soulève des problèmes « bioéthiques ». Armistad veut créer des enfants « parfaits », c'est-à-dire façonnés selon une conception toute subjective de la perfection ; il entend leur fournir des souvenirs artificiels – alors même que les souvenirs sont le fondement de la personnalité. Bien plus, Armistad est une figure prométhéenne inversée : au lieu de contribuer à sauver la civilisation, il se sert de ses connaissances scientifiques à des fins égoïstes (pour remédier à sa stérilité). Pis, il vend son humanité à la *matrice*, comme Faust vend son âme au diable !

Enfin, à travers l'évocation de la Terre vue de Mars, le roman se lit aussi comme une dénonciation de la dégradation de l'environnement et une mise en lumière des **risques écologiques** qui guettent la planète. Sans jamais être pontifiant[1], le ton est donné dès le jour 1 : « Mars a commencé à être terraformée [...] parce que la Terre était tellement polluée que plus personne ne voulait y vivre. Finalement, ça n'a pas changé grand-chose. Les pauvres sont restés sur Terre, les riches sont venus s'installer ici. Et la Terre est encore plus polluée qu'avant » (p. 29). Ces réflexions, sous l'apparente naïveté que leur confère la plume d'Arthur, soulèvent un problème à la fois social et environnemental. Une fois encore, *Projet oXatan* ouvre une brèche où s'engouffrent les interrogations angoissées de l'homme du XXIe siècle.

1. ***Pontifiant*** : solennel, sentencieux.

Fabrice Colin, et si…

… vous étiez un bruit ?
Le frémissement quasi imperceptible d'un flocon de neige doucement posé sur le talus.

… vous étiez un lieu urbain ?
Mulholland Drive, la route en lacet qui surplombe Los Angeles.

… vous étiez un animal fabuleux ?
Un dragon aux humeurs changeantes.

… vous étiez un vêtement ?
Une cape. Avec un fermoir mystérieux.

… vous étiez une devise ?
« Jamais un jour sans une ligne. »

… vous deviez faire votre autoportrait en trois adjectifs ?
Secret, optimiste et ambitieux.

… vous étiez un roman adapté au cinéma ?
La Malédiction d'Old Haven : un de mes romans jeunesse qui s'y prêteraient le plus.

… vous étiez un genre littéraire ?
Le polar fantastique psychologique.

… vous étiez un personnage de *Projet oXatan* ?
J'*ai été* Arthur pendant quelques semaines.

… vous changiez la fin de *Projet oXatan* ?
C'est impossible : cela impliquerait de modifier le début – de repenser tout le livre.

… vous deviez séjourner sur Mars, vous emporteriez… ?
Guerre et Paix de Tolstoï, *À la recherche du temps perdu* de Proust, *Mon chien stupide* de John Fante et un grand pot de beurre de cacahouète.

… vous pouviez enlever un mot du dictionnaire ?
« Dictionnaire ».

… j'oubliais une question très importante ?
« Êtes-vous sûr que le monde est réel ? » Et je répondrais : « Peu importe. »

Projet oXatan

Les plaines de Mars.

Couleur : rouge sang.

À l'horizon, les premiers feux du soleil achèvent de mettre l'aube en lambeaux. Notre vaisseau file au-dessus du désert, loin du Bunker, loin du cratère, loin du lac Noir et de la pyramide. Notre paradis n'est plus qu'un souvenir. Diana est morte. Jester est mort. Mademoiselle Grâce est morte.

Jamais je n'aurais imaginé que les choses se termineraient ainsi.

À mes côtés, Phyllis reste muette comme une tombe. Les joues mouillées de larmes, notre pilote se mord les lèvres, reniflant, le regard fixe. Et puis il y a moi, moi, indemne[1]*, mon naviborg*[2] *sur les genoux. Je viens d'écrire la dernière ligne de mon journal.*

Où allons-nous ? Je l'ignore. Vers la ville, sans doute. Deimos II[3]*. La civilisation.*

Je sais, je pourrais me retourner.

Je pourrais me retourner et fermer les yeux, rêver une dernière fois de la forêt, l'endroit où nous avons vécu et qui existera encore

---

1. *Indemne* : sain et sauf, sans blessure.

2. *Naviborg* : mot inventé désignant un ordinateur portable, probablement miniaturisé, dont Arthur se sert notamment pour rédiger son journal intime.

3. *Deimos II* : nom d'une ville imaginaire, qui se réfère au terme grec *démos* signifiant « territoire appartenant à un peuple ». Cette ville figure également dans la nouvelle de Fabrice Colin intitulée « Potentiel humain 0,487 » (voir dossier, p. 190).

longtemps après que nous aurons disparu. Je pense à ce que nous laissons derrière nous.

Dans quelques années, Diana ne sera plus qu'un squelette blanchi, ses mains osseuses refermées sur un oiseau mécanique. Dans quelques années, Jester aura perdu jusqu'au dernier de ses cheveux blonds, ses orbites creuses fixant l'éternité sur les rivages du lac Noir. Dans quelques années, les eaux maléfiques auront digéré jusqu'au dernier atome de mademoiselle Grâce, mais les images resteront – les ogres, la nuit, la forêt – et je n'aurai rien oublié, parce que c'est cet endroit où j'ai grandi.

Je ne me retourne pas.

J'essaie de me rappeler comment tout cela a commencé.

Qu'est-ce qui était évitable, qu'est-ce qui ne l'était pas ? Je n'en sais rien. Je ne suis même pas sûr d'être humain.

Peut-être la réponse se trouve-t-elle dans mon journal ? Le doigt sur la touche, je fais défiler mon texte à l'envers, pour en revenir au premier jour. L'écran holographique[1] *scintille faiblement. Les premières pages me semblent si lointaines que j'ai l'impression qu'elles ont été écrites par quelqu'un d'autre.*

1. ***Holographique*** : du grec *holos*, «tout», et *graphein*, «écrire» ; un écran holographique propose une représentation de son contenu en trois dimensions.

Jour 1

« J'ai rêvé de la mort. J'ai rêvé que la mort nous frappait. *Un, deux, trois.* »

Ce sont les paroles de Phyllis qui m'ont décidé à commencer ce récit. Ça faisait un certain temps que ça me trottait dans la tête, mais je ne trouvais jamais le courage : au moment de m'y mettre, je me disais toujours : « Bon, ce n'est pas *si* pressé que ça. » Chaque fois, Phyllis revenait à la charge.

« Tu sais, il faudrait vraiment que tu écrives ce journal de bord.

– Pourquoi ?

– Parce qu'il va se passer des choses. Tu ne sens rien ?

– Peut-être que si. Des choses comment ? »

Elle a haussé les épaules.

Quand Phyllis refuse de vous expliquer un truc, ce n'est pas la peine d'insister : vous pouvez la cuisiner jusqu'à la fin des temps, elle ne vous dira rien.

« Tu es celui de nous quatre qui écrit le mieux. Ça fait des mois que tu nous bassines[1] avec ce fichu journal. Pourquoi tu ne le commences pas maintenant ?

– Aujourd'hui ? »

Elle a hoché la tête.

« C'est le moment idéal.

---

1. ***Tu nous bassines*** : tu nous fatigues (expression familière).

– Je ne sais pas trop.

– Ce n'est pas compliqué. D'abord, tu expliques qui on est, où on habite et tout ça. Ensuite, tous les soirs, tu racontes ce qui s'est passé durant la journée. S'il n'y a rien eu de spécial, pas la peine de t'étendre. Tu mets juste "Rien à signaler" ou un truc comme ça. Quand il arrive quelque chose de vraiment important, tu essaies de relater[1] aussi fidèlement que possible. Tu laisses tomber les détails. Tu te concentres sur l'action. Tu restes objectif. Tu comprends ?

– Ben…

– L'important, c'est le témoignage.

– Je ne sais pas trop, j'ai répété.

– Écoute, elle a dit. Si tu le fais, si tu me promets de commencer aujourd'hui, je… je te raconte mon rêve. »

Elle m'a souri derrière ses grosses lunettes. Jester et Diana n'étaient pas encore levés. MG non plus. Une douce lumière jaunâtre baignait le Bunker, et nous étions assis dans le couloir, devant la porte de ma chambre. Dehors, on entendait le cri des oiseaux. Les clapotements[2] du marais.

« Alors ? »

Phyllis était une fille compliquée. Elle faisait souvent des rêves étranges. À vrai dire, on faisait tous des rêves étranges (en rigolant, on se disait parfois qu'on avait des pouvoirs, genre transmission de pensée et tout) mais elle, c'était vraiment la championne. Par exemple, c'était elle qui, la première, avait osé parler de la Voix : la Voix sur les rives du marais, qui nous poursuivait depuis notre enfance. « Est-ce que vous l'entendez, vous aussi ? » Bien sûr qu'on l'entendait. Des murmures, des appels. Mais est-ce que ce n'était pas juste notre imagination ? Ou je ne sais pas, moi, le bruit du vent dans les roseaux ? « Vous êtes bizarres, s'énervait Phyllis. Pourquoi vous ne regardez pas les choses en face ? »

« Alors ? »

---

1. ***Relater*** : raconter.
2. ***Clapotements*** : faibles bruits produits par le mouvement de l'eau.

J'ai sursauté.

«Ton rêve, ça ferait un bon début, j'ai reconnu en lissant mes cheveux du plat de la main.

– Hum, seulement, attention ! elle a dit en me tendant une main, paume ouverte. C'est un marché. Il y a des conditions.

– Des conditions ?

– *Primo*, ça reste entre toi et moi. Pas un mot aux autres, même pas à Diana.

– D'accord.

– *Secundo*, tu t'engages à écrire ce journal jusqu'à la fin.

– La fin de quoi ?

– On verra bien, elle a dit.

– Bon. Et *tertio* ?

– Y a pas de *tertio*. Qu'est-ce que t'en penses ?»

J'ai tapé dans sa main.

«Marché conclu, j'ai dit. Allez, raconte ton rêve.»

Elle a ôté ses lunettes et s'est frotté longuement les yeux.

«J'ai rêvé de la mort», elle a murmuré en regardant dans le vague.

Je me suis gratté le menton.

«C'est drôlement gai.

– Je sais.»

Un léger sourire est apparu sur ses lèvres. Elle a remis ses lunettes.

«Une fois de plus, on sortait de l'Éden[1]. Mais ce coup-ci, on allait beaucoup plus loin que d'habitude.»

J'ai fermé les yeux, bercé par ses paroles. J'essayais d'imaginer la scène.

«Tu sais comment sont les rêves, disait Phyllis. Quand on se réveille, ça paraît superclair et puis, petit à petit, ça s'efface.

1. ***Éden*** : terme biblique désignant le paradis terrestre dans la Genèse ; dans le roman, nom donné ironiquement à l'espace clos dans lequel sont confinés les adolescents.

Comme un message sur du sable. Sauf que là je me souviens de tout. La Voix m'appelait.

– Encore ?

– Oui. Mais cette fois, je l'ai vue.

– *Hein ?*

– J'ai vu qui parlait, Arthur. C'était… Je ne pense pas que c'était un homme normal. Il portait un masque doré. Il était complètement… difforme. Un genre de monstre. Sur un fauteuil mécanique. Son corps était tout tordu. Il nous poursuivait dans la forêt et ça durait longtemps, longtemps… Nous étions terrifiés. Il nous poursuivait, il criait nos noms. "Vous êtes à moi, à moi !" Toute la nuit, on a essayé de lui échapper. Nous, on voulait seulement retourner au Bunker. Le problème, c'est qu'il connaissait la forêt bien mieux que nous. Il gagnait du terrain. Il était là, tout proche. Et sur les bords du lac Noir, une chose horrible est arrivée.

– Qu… Quoi ? j'ai demandé. Quelle chose horrible ? »

Lentement, Phyllis s'est levée et a défroissé les pans[1] de sa chemise de nuit. Je me suis redressé à mon tour, et un grand frisson m'a parcouru de la tête aux pieds. Elle a posé un doigt sur ses lèvres et elle a ouvert la porte de sa chambre.

« Jester est mort », elle a dit.

Après quoi, elle est retournée se coucher.

***

Voilà.

Finalement, ça me plaît bien d'écrire comme ça.

Il est près de dix heures. La nuit est tombée sur le cratère, je suis dans ma chambre, les autres aussi. Je crois que Phyllis a raison. C'est le moment rêvé pour commencer un journal.

Bon, je m'appelle Arthur et j'ai treize ans.

---

1. ***Pans*** : plis formés par un ample tissu.

Un truc qu'il faut que je vous dise maintenant, comme ça ce sera fait, c'est que je suis un peu enveloppé, comme garçon. Enfin, mettons que dix kilos en moins, ça ne me ferait pas de mal. Fin de la parenthèse.

Je suis né sur Terre, mais mes parents sont morts en 2530 dans un accident d'aéronef[1]. J'avais deux ans. Presque tout de suite, j'ai été adopté par un type très riche du nom d'Erwin G. Armistad et je suis arrivé ici, sur Mars. Armistad lui-même est mort peu de temps après mon arrivée. J'ai vraiment pas de chance avec les parents. Ce qui me console, c'est que je ne suis pas le seul.

J'ai été élevé par la femme d'Armistad, et c'est avec elle que j'ai toujours vécu. Elle a cinquante-neuf ans. Elle s'appelle mademoiselle Grâce. Ne me demandez pas pourquoi « mademoiselle » : ça a toujours été comme ça. De toute façon, nous, on l'appelle MG.

MG, on l'aime bien, même si elle est parfois un peu bizarre. Souvent, elle s'en va dans la forêt avec le shotgun[2] d'Armistad et elle ne revient qu'à la nuit tombée. Et quand on lui demande où elle a été et ce qu'elle a fait, elle répond que ça ne nous regarde pas, que c'est juste des inspections de routine. À part ça, rien à signaler.

Ce qui est marrant, c'est qu'au début elle voulait nous faire croire à moi et aux autres qu'elle était notre vraie mère et tout. Ça n'a pas duré longtemps. D'abord, je me rappelle vaguement mes vrais parents, et pareil pour les autres. Ensuite, on sait très bien qu'elle ne peut pas être notre mère, MG, parce que ça voudrait dire qu'on est tous frères et sœurs. Et vu qu'on ne se ressemble pas du tout alors qu'on a tous à peu près le même âge, faudrait m'expliquer comment c'est possible.

La maison où nous vivons s'appelle le Bunker. C'est comme ça qu'on désignait les abris fortifiés pendant les guerres terriennes.

---

1. *Aéronef* : tout appareil apte à voler dans les airs.

2. *Shotgun* : mot formé à partir des termes anglais *to shoot*, « tirer, tuer », et *gun*, « arme à feu » ; il s'agit ici d'un puissant fusil.

Phyllis dit que c'est à la fois un palais et une prison. Elle exagère un peu. Le Bunker (un énorme parallélépipède rectangle de trois étages, tout en verre, en pierre et en bois) se trouve au centre d'un immense cratère de presque vingt kilomètres de diamètre, creusé il y a des millions d'années par une énorme météorite[1]. De la grande baie vitrée de ma chambre, j'en vois les rebords. Des falaises de plus de sept cents mètres de haut : *ça*, c'est une prison ! À l'intérieur s'étend une épaisse forêt, mais tout autour, à l'extérieur, c'est le désert, les plaines de Mars la Rouge. Je vais essayer de vous montrer de quoi ça a l'air (mon naviborg possède un logiciel de dessin assisté). Un petit coup de crayon optique[2], et hop, le tour est joué.

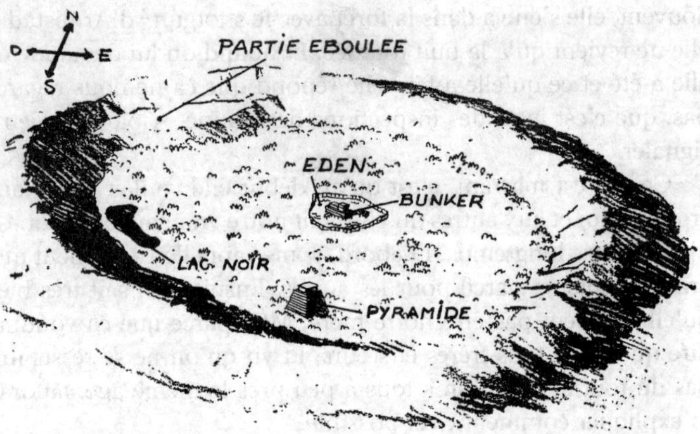

1. ***Météorite*** : fragment de corps céleste, ici tombé sur Mars.
2. ***Crayon optique*** : stylet électronique qui permet de dessiner ou de sélectionner un élément directement sur un écran.

Vous le savez sans doute, Mars a commencé à être terraformée (c'est-à-dire transformée en planète habitable) il y a deux cents ans, vers le milieu du XXIVe siècle, parce que la Terre était tellement polluée que plus personne ne voulait y vivre. Finalement, ça n'a pas changé grand-chose. Les pauvres sont restés sur Terre, les riches sont venus s'installer ici. Et la Terre est encore plus polluée qu'avant.

Donc, nous vivons au milieu d'une immense forêt vierge, une forêt artificielle créée il y a plus d'un siècle sur le modèle des anciennes jungles terriennes. Le parc où a été construit le Bunker s'appelle l'Éden. C'est une sorte de marécage couvert de roseaux et d'arbres gigantesques avec des branches tombantes. Bourré d'alligators et de rats d'eau.

L'Éden est entouré d'une grande clôture qui est censée nous protéger de la forêt. En vérité, ça fait longtemps qu'on a trouvé le moyen de sortir. Mais ça, évidemment, MG ne le sait pas. Et je pense qu'elle nous tuerait si elle l'apprenait.

Les endroits les plus intéressants de la forêt sont la pyramide et le lac Noir.

J'aimerais bien vous en parler plus longuement, mais je tombe de sommeil. Je continuerai demain.

Ah, une dernière chose. Nous vivons seuls ici. Moi, Phyllis, Diana, Jester et MG. Une fois par an, un type arrive en aéronef pour nous livrer de la nourriture et des vêtements, mais nous n'avons pas le droit de nous montrer quand il est là. Pour information, la ville la plus proche est Deimos II, à trois cents kilomètres d'ici. Nous, on n'a jamais mis le nez hors du cratère.

Bonsoir tout le monde.

Jour 2

Aujourd'hui, il ne s'est pas passé grand-chose. Ça tombe bien, je n'avais pas terminé mon introduction.

Je devais vous causer de la pyramide. C'est une construction maya[1] à étages, qui domine la forêt. Elle est tout en pierre. Personne ne sait vraiment ce qu'elle fait là. MG prétend qu'elle a toujours existé, mais franchement ça m'étonnerait, parce que avant que les Terriens ne s'installent sur Mars, il y a deux siècles, il ne devait pas y avoir grand monde par ici. Tenez, je copie-colle[2] un extrait de mon cours d'aérographie[3] pour vous donner une idée.

Avant la terraformation, l'atmosphère martienne renfermait 95,3 % de gaz carbonique, 2,7 % d'azote, 1,6 % d'argon[4]*, ainsi que des traces d'oxygène, d'oxyde de carbone et de vapeur d'eau. La pression atmosphérique y fluctuait entre 5 et 7 millibars (Terre :*

---

1. ***Maya*** : qui date de la civilisation précolombienne (c'est-à-dire d'avant la venue de Christophe Colomb) d'Amérique centrale.
2. ***Je copie-colle*** : je réalise une copie d'un document sur mon naviborg pour l'insérer dans un autre document (ici, le journal de bord d'Arthur).
3. ***Aérographie*** : mot inventé pour désigner la science qui étudie les phénomènes atmosphériques.
4. ***Argon*** : gaz inerte, incolore, constituant environ le centième de l'atmosphère terrestre.

1 000 millibars environ), un visiteur privé de combinaison n'aurait pas tardé à exploser sous l'effet de sa pression interne. Les températures variaient de 20 °C pendant la journée à – 70 °C pendant la nuit, avec des pointes à – 150 °C au pôle Sud pendant l'hiver austral.

Bref.

La pyramide, on ne l'a jamais vue de près, parce qu'elle est au moins à six ou sept kilomètres d'ici, mais, de la chambre de Diana, on peut la regarder avec des jumelles – du moins son sommet, qui émerge des arbres –, et on s'est promis d'aller l'explorer un de ces jours (pour être franc, on en parle depuis qu'on est tout petits, mais c'est quand même une sacrée expédition, un truc qui se prépare des semaines à l'avance, et vu l'ambiance en ce moment au Bunker, ce n'est peut-être pas demain la veille).

Le lac Noir, on le voit aussi, mais c'est juste une étendue d'eau toute noire, un peu surélevée, côté ouest du cratère. Phyllis l'appelle le «lac des rêves». Elle dit que tous les rêves que nous faisons viennent mourir là-dedans, et que c'est pour ça qu'il est si sombre. Il y a des moments, j'ai l'impression qu'elle essaie juste de se rendre intéressante.

Bon, et puis il y a la Voix. La Voix qu'on entend (ou qu'on croit entendre) quand on reste trop longtemps sur les rives du marais. Personne ne sait d'où elle vient, ni qui elle est. C'est juste une présence. On en parle rarement entre nous. Comme les rêves prémonitoires qu'on fait des fois : un genre de secret que tout le monde connaît, mais que chacun fait semblant d'ignorer.

Voilà.

Maintenant, je crois que le moment est venu de vous parler des autres.

Je vais faire ça dans l'ordre des chambres, avec un plan du premier étage pour que ça soit un peu plus clair (et, dans la foulée, je vous dessine aussi le plan du rez-de-chaussée. Au moins, ce sera fait).

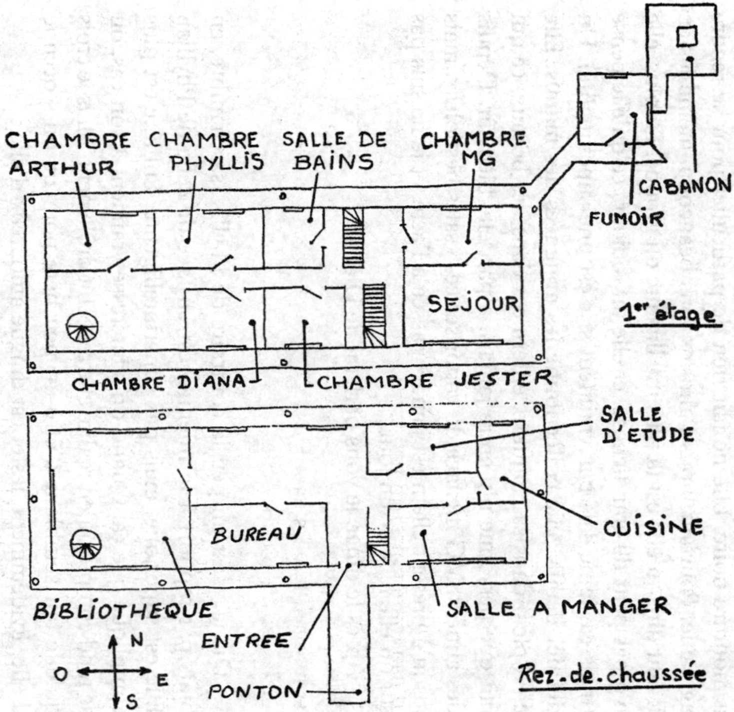
CHAMBRE ARTHUR
CHAMBRE PHYLLIS
SALLE DE BAINS
CHAMBRE MG
CABANON
FUMOIR
SEJOUR
1er étage
CHAMBRE DIANA
CHAMBRE JESTER
SALLE D'ETUDE
CUISINE
BUREAU
BIBLIOTHEQUE
SALLE A MANGER
ENTREE
N
O
E
S
PONTON
Rez.de.chaussée

Phyllis, vous connaissez déjà. Sa chambre est à côté de la mienne. Comme nous tous, elle a treize ans et elle a été adoptée. Je ne sais pas pourquoi elle n'a plus ses parents : elle n'a jamais voulu en parler. Phyllis est vraiment une fille étrange. Physiquement, elle n'est pas vraiment très belle. Elle a de longs cheveux noirs, elle est très pâle, elle porte de grosses lunettes à monture noire. Elle ne fait rien de particulier pour se rendre agréable. Pourtant, nous l'aimons tous beaucoup, même Jester. Il faut dire qu'elle est la plus intelligente du groupe. En plus, elle n'a pas peur de grand-chose, et elle dit toujours ce qu'elle pense (mais ça, je ne sais pas vraiment si c'est une superqualité). Un dernier détail : elle collectionne les araignées des marais. Elle en a plein dans sa chambre, enfermées dans des bocaux, ce qui fait que personne n'y entre jamais, à part elle bien sûr. Depuis des années, MG menace de vaporiser ces «sales bestioles», mais jusqu'à présent elle n'est jamais passée à l'acte, et je ne suis pas sûr qu'elle le fasse un jour.

Après le dîner, je vous parlerai de Diana.

***

Diana, c'est un peu le contraire de Phyllis (sa chambre, en biais par rapport à la mienne, est en face de celle de Phyllis). Elle est superjolie, mais pas superintelligente. Enfin, c'est plus compliqué que ça. Quand on s'intéresse vraiment à son cas, on se rend compte qu'en réalité elle réfléchit drôlement. Mais je crois qu'elle fait semblant d'être un peu bête pour qu'on s'occupe d'elle. Évidemment, Jester est dingue amoureux d'elle.

Les parents de Diana étaient models de cinéma (je crois qu'on disait «acteurs», avant). Eux aussi, ils sont morts. Son père, c'était Harry Beckford. Il était hypercélèbre paraît-il. Nous, on s'en fiche un peu, parce que le cinéma, on n'y connaît quasiment rien : les seuls films qu'on voit sont ceux que nous montre MG sur l'écran à plasma[1] de la bibliothèque, au rez-de-chaussée. Rien que des vieux machins 2D, même pas interactifs, d'avant l'invention des idels[2]. Comme on n'a pas d'antenne satellite, on n'a aucun accès au réseau planétaire, et nos naviborgs ne peuvent télécharger que des programmes internes. Enfin, tout ça pour dire que Diana nous saoule sans arrêt avec son père qui était prétendument archiconnu, et qui a perdu la vie dans un attentat en Californie, celui qui a fait un million de morts en (devinez quand ?) 2530. Comme mes parents.

Bon, je vous laisse, on frappe à ma porte.

***

C'était Diana, justement. Elle voulait juste savoir si j'avais un miroir de poche. Vous croyez que c'est mon genre ?

C'est marrant, en relisant ces premières pages, je m'aperçois que je dis « vous » comme si j'écrivais pour quelqu'un, alors que d'habitude les gens disent plutôt « cher journal » ou ce genre de niaiseries[3], comme si le journal c'était leur meilleur pote.

Où est-ce que j'en étais ?

Je crois que je vais passer à Jester. Si je m'aperçois que j'ai oublié des choses sur les autres, je les dirai au fur et à mesure.

Ah, mince, on frappe encore à ma porte ! Quel défilé !

1. ***Écran à plasma*** : écran plat composé de deux plaques de verre entre lesquelles se trouve un mélange gazeux qui s'illumine sous l'impulsion de décharges électriques, produisant ainsi des images visibles.
2. *Idel* vient d'*Interactive Digital Entertainment and Leisure*, d'après la banque de données de mon naviborg. Je précise, parce que c'est déjà un vieux terme : les idels sont tout simplement des films auxquels les spectateurs peuvent participer depuis leur fauteuil (NdA).
3. ***Niaiseries*** : stupidités.

Jour 3

Pas eu le temps de finir ma présentation hier soir. Jester voulait qu'on aille faire un tour en barque.

D'abord, j'ai dit non, mais il a insisté et il a dit que Diana serait là.

« Et alors ?

– Allez, il a souri. Tu vas pas me dire que ça t'intéresse pas. »

J'ai haussé les épaules, et il a souri de nouveau.

« T'es amoureux, hein ?

– T'es fou.

– T'as aucune chance, mon vieux.

– Et pourquoi ?

– Ah ! Tu vois, qu'elle t'intéresse ! »

C'est toujours la même discussion avec lui.

Le pire, c'est que je ne suis même pas amoureux de Diana. Je la trouve jolie, c'est tout.

« Hé, a dit Jester. À la prochaine Nuit de Phobos[1], elle va m'embrasser. Et tu sais quoi ? C'est dans dix jours. »

---

1. La *Nuit de Phobos*, c'est une fête qui a lieu une fois par an. Au cas où vous ne le sauriez pas, Phobos est l'un des deux satellites de Mars, un petit rocher de rien du tout qu'on ne voit même pas mais qui est censé être le symbole de la peur. Tous les ans, en son hommage, on se déguise en extraterrestre et on s'amuse à se ficher la trouille (NdA).

Soudain, je me suis senti très gros, inutile et moche comme c'est pas permis. Mes joues me chauffaient. Pourquoi il me parlait de ça, cet imbécile ? De toute façon, si Diana aimait quelqu'un, c'était forcément lui, faut être logique.

«T'as entendu ? a demandé Jester.

– Je suis pas sourd.

– C'est dans dix jours. On va aller dans le fumoir[1].

– Tant mieux pour toi.

– Je te raconterai, t'inquiète pas.»

Jester est resté un moment dans l'encadrement de la porte, juste à me regarder.

« Bon alors, tu viens avec nous ? »

Je n'avais vraiment pas envie de l'accompagner. Je voyais très bien ce qu'il essayait de faire. Jester, il est beaucoup plus beau que moi (ce n'est pas très difficile) et, en nous voyant tous les deux, c'était certain que Diana allait tomber encore plus amoureuse de lui. Vous voyez le tableau. Bref, j'ai ouvert la bouche pour dire « non », sauf qu'à la place c'est « oui » qui est sorti.

Jester a eu l'air drôlement surpris.

Je suis descendu avec lui sur le ponton. Il faisait nuit, mais les lumières du Bunker se reflétaient sur les eaux calmes.

Diana nous attendait dans la barque, emmitouflée dans un grand manteau à col de fourrure « emprunté » à MG. Elle nous a tendu les rames, et nous sommes partis.

La nuit était silencieuse.

Les alligators filaient autour de nous comme des troncs d'arbre vivants. À un moment, Jester s'est penché pour en caresser un, et Diana a poussé un petit cri en le retenant. Toujours le même numéro. J'aurais bien aimé qu'elle ne le retienne pas, pour une fois.

«Vous avez réussi le contrôle de maths ? »

1. ***Fumoir*** : pièce où l'on va pour fumer.

C'était vraiment la question mégastupide, mais je n'avais pas trouvé d'autres moyens de les faire arrêter. Ils m'ont regardé tous les deux comme si je venais de dire un gros mot.

« Moi, pas trop, a ricané Jester. Les maths, ça sert à rien quand t'as un alligator géant qui te fonce dessus avec sa gueule grande ouverte. Vous croyez pas ? »

Drôlement intéressant, comme remarque !

Ensuite, on a parlé de cette fameuse excursion que nous remettions toujours à plus tard, puis des déguisements que nous choisirions pour notre prochaine Nuit de Phobos. Jester, ça l'excitait drôlement, la Nuit de Phobos. Il n'arrêtait pas de tripoter Diana.

« Hé, Arthur, tu vas te déguiser en quoi ? En gros naze ?

– Exactement, j'ai dit. Tu me prêteras ton costume ? »

Après ça, on est rentrés directement, et je me suis couché sans dire bonsoir.

J'étais un peu écœuré.

Je crois que ce n'est pas la peine que je vous parle plus de Jester. Vous avez tout de suite compris. C'est le genre de petit mec blond toujours bien coiffé, qui n'arrête pas de causer de sport et tout. Dans les séries télé d'il y a cinq siècles, on en trouvait déjà plein des comme lui. Ah, et au fait : ses parents *aussi* sont morts en 2530.

C'est quand même curieux, ces coïncidences.

Jour 4

Aujourd'hui, contrôle de chimie. Je crois que je m'en suis assez bien sorti.

MG ne nous laisse jamais de répit[1]. On travaille tous les jours, on n'arrête pas d'avoir des devoirs, des interros écrites et tout : on se croirait presque dans une école d'il y a cinq siècles !

La majorité des cours nous sont donnés par des logiciels éducatifs autonomes gérés par un programme central. Nous n'avons aucun contact avec le monde extérieur ; les logiciels marchent tout seuls. On travaille chacun dans notre chambre, et MG surveille tout ça de son naviborg à elle. Des fois, elle organise des interrogations orales dans la salle d'études du rez-de-chaussée. C'est n'importe quoi, ces interrogations : on parle des cours pendant cinq minutes, et puis après ça dévie sur des machins qui n'ont aucun rapport, genre elle nous raconte l'histoire de Mars ou, encore mieux, elle nous explique comment était la vie avant, quand son cher Armistad était encore de ce monde, et qu'il était tellement gentil avec nous et tout et tout.

Sinon, les cours, ça va.

Personnellement, je me débrouille plutôt bien en expression écrite et en sciences de la nature. Les maths, c'est moins ça, mais c'est pas la catastrophe intégrale non plus. L'étude des planètes,

1. ***Répit*** : repos.

en revanche, c'est la tasse[1]. Il faut avouer que je ne vois pas trop l'intérêt d'apprendre des trucs sur les autres planètes alors qu'on est bloqués ici, dans un cratère au beau milieu de nulle part. Mais bon. En attendant, on peut dire que je suis deuxième de la classe. Devant moi, il y a Phyllis-la-grosse-tête. Évidemment, Jester est dernier. On ne peut pas tout avoir.

***

Pendant que j'y suis, je vais vous parler un peu de MG et d'Armistad. MG est le seul adulte que nous connaissons (si on excepte nos parents, dont nous gardons quelques vagues souvenirs). Elle est vachement grande, avec des cheveux gris remontés en chignon et des petites lunettes sévères. Elle porte toujours des robes sombres, ça va assez bien avec son caractère. Bon, on ne peut pas dire qu'elle ne soit pas gentille. Elle *est* gentille, à sa façon. Ce qu'il y a, c'est qu'elle est un peu triste. Elle répète toujours que sa vie s'est arrêtée le jour où Armistad a disparu. Ça ne faisait pas un an qu'ils nous avaient adoptés quand Armistad est tombé dans le marais et a été mangé par les alligators. MG, elle a assisté à la scène debout sur le ponton, sans rien pouvoir faire. Vous imaginez ? Votre mari qui se fait dévorer devant vous, et vous qui restez là, à hurler, parce que c'est tout ce dont vous êtes capable. C'est peut-être pour ça qu'elle est parfois un peu dérangée.

Et dire qu'Armistad était milliardaire ! C'est dingue, non ? Quand il était sur Terre, il dirigeait une entreprise de robotique. Apparemment, il était superfort en intelligence artificielle[2]. Il avait commencé par concevoir des jouets. Ses usines en fabriquaient des millions et, sur Terre, tous les gamins en avaient. Ici, il doit en

1. ***C'est la tasse*** : c'est la catastrophe (expression familière).
2. ***Intelligence artificielle*** : programme informatique capable de se substituer à l'homme (pour assurer des fonctions qui requièrent de l'intelligence, c'est-à-dire la faculté à s'adapter à une situation nouvelle et à trouver une solution à la difficulté rencontrée).

rester tout au plus une douzaine, la plupart en vrac dans les coffres de la salle de jeux, au deuxième étage. Diana en a récupéré un, une sorte d'oiseau mécanique qui vole et chante comme un vrai : c'est un cadeau que lui a fait MG pour ses dix ans, mais elle n'a pas le droit de le faire voler dans sa chambre, seulement dehors.

Après les jouets, notre père adoptif s'est spécialisé dans les androbots[1]. Il vendait ses créatures à des réalisateurs de cinéma ; ça leur coûtait plus cher que des incrustations écran[2], mais c'était drôlement plus réaliste, paraît-il.

Un jour, il a décidé de monter son propre film, inspiré d'une légende maya ; *oXatan*, ça s'appelait. Le folklore de cette époque, Armistad adorait ça (il n'y a qu'à voir tous les trucs mayas qui traînent un peu partout au Bunker). Le hic, c'est qu'il a passé plusieurs années de sa vie sur son film (même pas un idel, c'est pour vous dire), mais qu'il n'a jamais pu le sortir. MG nous a raconté que, quelques semaines avant le lancement, un énorme virus avait détruit l'original numérique. Et comme Armistad n'avait pas fait de copie… Phyllis dit que la vraie raison, c'est que le film a été interdit. Je me demande comment elle sait ça. En attendant, il y a une gigantesque affiche d'*oXatan* dans le séjour, très belle : une clairière baignée de lune, quatre ombres étirées devant une pyramide, un masque doré dans le ciel. Ce qui est marrant, c'est que la pyramide en question, elle ressemble drôlement à celle de notre cratère. MG prétend que c'est juste le hasard.

Enfin, bref. Après l'échec de son film, Armistad en a eu assez de travailler. Il est venu s'installer ici, en plein milieu du désert martien. C'est lui qui a racheté le cratère. Quand il est mort, tout est revenu à MG. C'est là qu'elle a décidé de rester pour s'occuper de nous. Voilà.

---

1. ***Androbots*** : mot-valise composé du terme « androïde », lui-même tiré d'*andros* (« homme », en grec ancien) et du vocable « robot » ; on peut supposer que ce sont des robots ultraperfectionnés dont l'apparence est humaine.

2. ***Incrustations écran*** : insertion dans une image aux contours délimités d'une autre image.

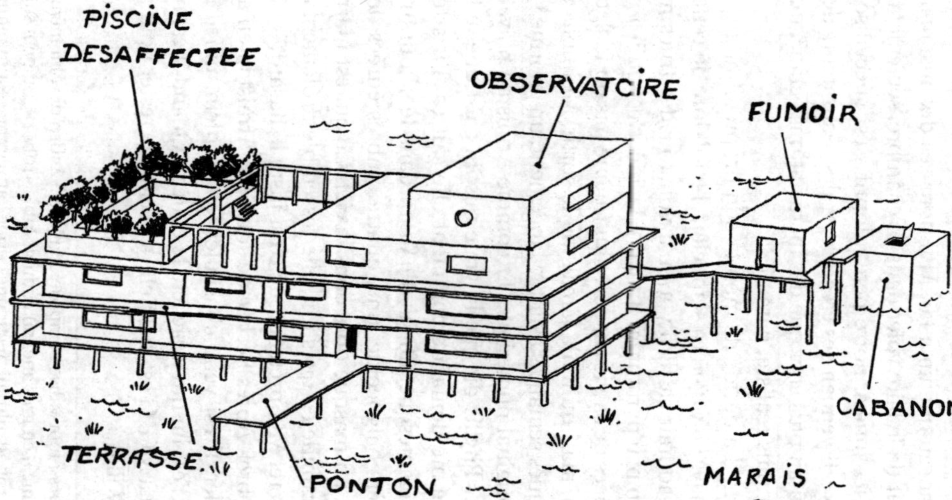
PISCINE
DESAFFECTEE
OBSERVATCIRE
FUMOIR
CABANON
TERRASSE.
PONTON
MARAIS

Jour 5

Aujourd'hui, rien à signaler, alors je vais simplement dessiner le Bunker[1] au crayon optique. Évidemment, ça ne vous dira pas comment c'est vraiment à l'intérieur, avec tous ces meubles anciens, les machins mayas, les vieilleries, et le bazar dans tous les coins. Mais ça vous donnera déjà une idée. Et puis un bon dessin vaut mieux qu'un long discours !

---

1. Le *Bunker* possède une annexe, une sorte de cube sur pilotis qui servait de fumoir à Armistad. On y accède par une passerelle qui part de la terrasse du premier étage. Adossé au fumoir, il y a un petit cabanon tout en verre, plongé à moitié dans les eaux glauques du marais. Je ne sais pas à quoi il servait du temps d'Armistad mais, maintenant, MG nous y enferme lorsqu'on a fait une énorme bêtise. C'est un endroit vachement sinistre, avec les alligators qui vous tournent autour (NdA).

Jour 5

Aujourd'hui rien à signaler [illegible] pas comment [illegible] des coups. Mais ce [illegible] vous donner [illegible] dessin vaut mieux qu'un long discours ?

[illegible]

Jour 6

Aujourd'hui, nous sommes sortis de l'Éden.

Et cette fois, ça ne s'est pas très bien terminé.

Vers neuf heures du matin, MG est partie avec son shotgun, comme elle fait des fois. Évidemment, elle nous a donné un maximum de devoirs à faire : un QCM[1] drôlement compliqué sur la chimie organique[2], le genre de truc qui peut vous prendre une matinée entière. Elle savait ce qu'elle faisait ! Dès qu'elle a claqué la porte, on s'est retrouvés tous les quatre dans la chambre de Diana.

« Bon, a commencé Phyllis, on essaie ce qu'on a dit ?

– Quoi ? a demandé Jester.

– L'excursion, j'ai répondu. C'est le moment ou jamais.

– Vous êtes fous ? s'est exclamée Diana. Interdiction absolue de sortir.

– Tu crois qu'on ne le sait pas ? a ironisé Phyllis. MG ne rentrera qu'à la tombée de la nuit. Ça nous laisse une dizaine d'heures.

– Et les devoirs ? a dit Jester.

---

1. ***QCM*** : questionnaire à choix multiples, c'est-à-dire qui propose plusieurs réponses à la question posée, dont certaines sont fausses.

2. ***Chimie organique*** : branche de la chimie qui a pour objet d'étude des composés du carbone, présent dans tous les êtres vivants.

– Je m'en occupe, a déclaré Phyllis en levant les yeux au plafond. Je vais m'installer dans la chambre de MG, et vous allez tous connecter vos naviborgs au sien.

– Tu vas rentrer comment ? » a demandé Diana.

Phyllis a fouillé dans la poche de son pantalon en toile et en a sorti une petite carte magnétique.

« Passe-partout maison. »

On est sortis de la chambre de Diana et on s'est retrouvés dans le couloir. Phyllis a passé la carte magnétique dans la rainure[1] de la porte, et la serrure a cédé avec un petit cliquetis. Puis elle s'est retournée vers nous en rajustant ses lunettes.

« Les instructions sont simples. Vous vous connectez au fichier maître et vous attendez mon signal. Quand vous le recevez, vous téléchargez les réponses directement dans votre QCM. Attention : vous n'aurez que quelques secondes. Si on reste trop longtemps, MG s'en apercevra. Une fois que ce sera fait, vous changerez quelques réponses au hasard, pour que ça ait l'air plus vrai. C'est surtout valable pour toi, Jester.

– Pourquoi ?

– Parce que tu n'es pas une flèche, voilà pourquoi. Ensuite, vous me laissez un petit moment pour répondre à *mes* questions, et on s'en va. Compris ?

– Compris ! »

Une heure plus tard, nous étions partis.

Nous avions décidé de ne prendre qu'une barque. Comme provisions, nous avions emporté ce que MG nous avait laissé pour le midi, c'est-à-dire des galettes de soja, des beignets de poisson, du lait concentré sucré, des biscuits énergétiques au gingembre et un peu d'eau minérale.

1. ***Rainure*** : fente qui laisse passer la lumière et dans laquelle on peut glisser un objet très fin.

Le Bunker est construit sur pilotis[1]. Pour accéder à la terre ferme, il faut prendre la barque et traverser les marais, qui s'étendent sur plusieurs centaines de mètres. *A priori*, c'est rien du tout comme distance mais, à cause des alligators qui rôdent, c'est jamais très rassurant. Surtout quand il y a de la brume.

Pour l'aller, on avait décidé que ce serait à moi et à Phyllis de pagayer. On a donc commencé à ramer tous les deux, pendant que Jester et Diana se faisaient des mamours à l'arrière. Jester a pris la main de Diana et l'a inspectée, paume ouverte, en fronçant les sourcils.

« Oh, oh ! Tu as une ligne de vie très courte…

– Arrête !

– … sauf si un superhéros te sauve la vie.

– Un superhéros ? a persiflé[2] Phyllis.

– Hé, a dit Jester, mêle-toi de tes affaires, d'accord ? »

Après ça, on ne les a plus vraiment entendus jusqu'à ce qu'on atteigne la terre ferme : Jester se contentait de raconter ses bêtises à voix basse. Quand on est arrivés sur le rivage, il a soulevé la main de Diana et elle a répondu par une petite révérence. Puis on a tiré la barque à l'abri. Devant nous s'étendait la forêt. À cent mètres à peine, le grillage sous tension. On a levé les yeux au ciel. Il faisait un temps superbe. Phyllis, qui portait le sac à provisions, a distribué des biscuits à tout le monde et demandé si quelqu'un voulait de l'eau. On a secoué la tête.

« Bon, a dit Diana, qu'est-ce qu'on fait ?

– Ben, on explore.

– La barbe, a grogné Jester. Explorer, ça sert à rien. Qu'est-ce qu'il y a à explorer, Arthur ? Tu veux explorer les arbres ? Ce qui serait bien, c'est qu'on aille carrément à la pyramide.

– Depuis le temps qu'on en parle…

---

1. ***Pilotis*** : colonnes, souvent en bois, enfoncées dans l'eau et qui soutiennent un édifice au-dessus du niveau de l'eau.
2. ***A persiflé*** : s'est moquée.

– Vous êtes fous ! a dit Diana. On n'est pas équipés.

– On ne sera *jamais* équipés, j'ai répondu en jetant un œil à sa jupe toute blanche.

– Bon. Pour commencer, on quitte l'Éden. On verra bien après.»

On a marché jusqu'au grillage.

Il faisait six mètres de haut, et était renforcé par des câbles grésillants[1] qui couraient[2] dans tous les sens. Supersolide et superprotégé. Il y avait une porte quelque part, mais elle était solidement verrouillée. Pas grave : nous, on connaissait un endroit où il y avait un trou, camouflé[3] derrière un buisson. On a longé la clôture pendant quelques minutes et puis on s'est arrêtés devant le trou. Qui l'avait fait, on n'en savait rien. Il fallait juste écarter le buisson, enjamber le premier câble pour passer et baisser la tête pour éviter le deuxième. Phyllis m'a fait signe d'y aller en premier.

« Si Arthur y arrive, tout le monde y arrivera, a ricané Jester en me regardant m'avancer.

– Qu'est-ce qui se passe si on touche le grillage ? a demandé Diana.

– Tu sais bien. On perd connaissance et on reste paralysé. Un sacré moment.

– C'est des ondes Füller, a renchéri Phyllis en enlevant une petite feuille de son gilet. Vraiment très puissant, et douloureux, alors ne faites pas les guignols.»

Ça n'était pas la première fois que nous passions le grillage. Il n'y avait pas de quoi s'affoler : le trou était suffisamment large.

Lentement, j'ai passé une jambe en courbant le dos. Les autres me regardaient sans bouger. J'ai passé l'autre jambe. J'avais bien trente centimètres de marge. J'ai regardé les autres, je leur ai fait un clin d'œil, et je me suis retrouvé de l'autre côté.

---

1. ***Grésillants*** : qui produisent des crépitements, comme de l'huile chaude sur le feu.

2. ***Couraient*** : ici, étaient répandus.

3. ***Camouflé*** : caché.

« Et voilà ! » j'ai dit, en essayant de ne pas sourire. Un jeu d'enfant.

Après moi, c'était le tour de Jester. Une fois de plus, il a voulu faire son malin. Il a pris son élan, et puis il a plongé entre les deux câbles et il s'est rétabli de l'autre côté ; on aurait dit un type qui avait trois mille ennemis aux trousses.

« T'es malade, a dit Phyllis.

– C'est plus rapide », a expliqué Jester.

J'ai haussé les épaules.

Ensuite, Diana s'y est collée, et enfin Phyllis. Tout se passait bien.

« Bon, et maintenant ? a demandé Jester.

– On se sépare, j'ai proposé.

– Mauvaise idée, a dit Phyllis.

– Je ne vois pas pourquoi. »

Elle commençait à me fatiguer un peu, avec ses commentaires. C'était toujours elle qui décidait. Mon avis à moi, c'était que, si on se séparait, on avait deux fois plus de chances de trouver des coins géniaux. Jusqu'à présent, on n'était jamais allés bien loin. La vérité, c'est qu'on avait la trouille.

« On y va ou on passe la journée à discuter ? » a demandé Phyllis.

Là, elle avait raison. On s'est mis en route.

C'était un endroit très particulier. Les arbres étaient tellement hauts qu'ils empêchaient presque la lumière du soleil de passer. Le sol était tapissé de feuilles pourries, et il flottait dans l'air comme une odeur de mouillé. Évidemment, Diana a commencé à se plaindre. Elle disait qu'on marchait trop vite, et qu'elle allait salir sa robe. Jester se moquait gentiment d'elle. Il l'appelait « Votre Majesté » et lui faisait des courbettes. Si vous voulez mon avis, ce genre de tactique, on l'utilise quand on est amoureux d'une fille et qu'on ne sait pas trop comment lui dire.

« Oh, mais arrête, à la fin ! Va voir un peu là-bas si j'y suis !

– À vos ordres ! » a répondu Jester avec un clin d'œil.

Et il s'est mis à courir droit devant lui, à s'enfoncer dans la forêt. On l'a entendu hurler comme un demeuré.

« Je m'en vais ! Je m'en vais ! »

Vraiment supermalin.

« Jester ! a crié Diana.

– Doucement, a murmuré Phyllis. Si ça se trouve, MG n'est pas loin.

– Mais on ne peut pas le laisser filer tout seul comme ça !

– Il n'ira pas bien loin.

– De toute façon, j'ai dit, il va revenir dans cinq minutes. »

On est quand même partis sur sa piste. Mais on ne s'est pas mis non plus à courir. Simplement, on s'est dirigés assez vite dans la direction où on l'avait vu cavaler. Il y avait un vague sentier, des herbes foulées[1] et des lichens sur les troncs d'arbre. Diana n'arrêtait pas de gémir parce que des ronces s'accrochaient à sa robe.

« T'as qu'à l'enlever », j'ai proposé.

Mais elle ne m'a pas entendu.

« Jester ! elle chuchotait. Jester ? »

Évidemment, cet imbécile ne répondait pas.

Si vous voulez mon avis, il avait couru pendant trois minutes, puis il s'était arrêté tout essoufflé à l'ombre d'un arbre, et maintenant il attendait qu'on ait la trouille. À un moment, il allait sortir de l'ombre et nous tomber à moitié dessus. Diana se mettrait à hurler, et Phyllis lui collerait une baffe. Ça promettait.

On a continué à marcher. La forêt devenait de plus en plus touffue, les arbres de plus en plus hauts. Il y avait des rayons de soleil pleins de poussière dorée qui descendaient par les trouées de verdure comme des rayons de vieux projecteurs. Il y avait des bruissements dans les feuillages, des cris d'oiseaux exotiques. Une fois, on en a vu passer un juste devant nous, entre les branches. Il avait une longue queue rouge, et des reflets bleus sur le ventre. Diana a poussé un petit cri admiratif. À part ça, et le bruit de nos pas sur le

1. ***Foulées*** : piétinées.

sol, tout était à peu près silencieux. C'était presque inquiétant. On a encore marché pendant cinq minutes, puis je me suis arrêté.

« Qu'est-ce qui se passe ? a demandé Diana.

– Pas la peine d'aller plus loin. Trop risqué. On va se perdre.

– Tu as raison, a approuvé Phyllis. On ferait mieux de faire demi-tour.

– Mais ? Et Jester ?

– Jester retrouvera bien son chemin tout seul.

– De toute façon, j'ai dit, c'est son problème. Il n'avait qu'à rester avec nous. »

On a donc fait demi-tour et on a remarché jusqu'au grillage. Diana n'arrêtait pas de se plaindre, comme quoi on était des salauds et tout, et qu'elle ne voulait pas rentrer avec nous, qu'elle voulait rester ici et attendre Jester, mais Phyllis et moi, on ne l'écoutait pas vraiment, on marchait devant elle sans se retourner. Quand on est arrivés au grillage, on l'avait perdue elle aussi.

« Où elle est ? » a demandé Phyllis.

J'ai haussé les épaules.

« Je ne suis pas chargé de sa protection, j'ai dit.

– Qu'est-ce que tu peux être bête, des fois ! »

Elle venait à peine de prononcer ces mots qu'un grand cri a retenti. Phyllis et moi, on est restés figés sur place. Ce n'était pas vraiment un cri de joie. Plutôt un hurlement de panique.

Diana a déboulé au bout du sentier en agitant les bras. Elle courait à toute allure.

« Vite, elle disait, VIIIITE ! »

On a compris qu'on devait passer de l'autre côté du grillage et qu'il n'y avait pas à discuter. Phyllis m'a fait signe d'y aller le premier. Elle m'a suivi, et Diana est arrivée pas loin derrière.

« Fais attention », a dit Phyllis en la voyant s'approcher.

Diana était essoufflée. On aurait dit qu'elle fuyait quelque chose, ce qui était assez curieux parce qu'il n'y avait rien derrière elle. Elle a pris son élan et elle a fait comme Jester, elle a sauté entre les câbles du grillage et est retombée lourdement de l'autre côté. Je me suis baissé pour l'aider. Ses yeux étaient pleins de larmes.

« Ça va ? j'ai demandé. Ça va ?

– Ma cheville, a chuchoté Diana. Et puis j'ai déchiré ma robe. »

Phyllis s'est accroupie à nos côtés en scrutant la forêt.

« Pourquoi tu as couru ?

– J'ai vu… a commencé Diana. J'ai vu… »

Et puis les vannes ont lâché, et elle s'est mise à pleurer pour de bon.

Phyllis s'est relevée et m'a fait signe de m'occuper d'elle.

Je ne savais pas très bien comment m'y prendre. C'était la première fois que je la serrais contre moi comme ça, et je sentais l'odeur de ses cheveux, son parfum de vanille. Elle, elle se laissait aller, ses doigts crispés sur mes épaules, et elle pleurait, elle pleurait, et je ne pouvais pas faire grand-chose. Je serais bien resté comme ça toute ma vie.

Phyllis regardait toujours de l'autre côté.

« Étrange… » elle a dit.

Diana commençait tout juste à se calmer.

« Qu'est-ce que tu as vu ? j'ai murmuré à son oreille.

– Je ne sais pas. C'était… quelqu'un. Ou quelque chose. Une sorte… une sorte d'ogre. Vous voyez ? Il avait la peau bleue, et… »

Les ogres. MG nous avait souvent parlé des ogres quand nous étions petits. Des histoires de monstres dans la forêt. Des histoires pour nous faire peur.

« Il était grand comment ?

– Je ne sais pas. Peut-être trois mètres.

– Il a… dit quelque chose ?

– Non. Il m'a juste regardée, et puis il s'est avancé vers moi, comme s'il voulait m'attraper. Alors je me suis mise à courir.

– Très intéressant », a dit Phyllis.

Cette fille, elle me tuait. Il pouvait se passer les pires trucs imaginables, elle restait calme comme l'eau d'un lac et son seul commentaire était : « Très intéressant. »

« Et Jester ? »

Diana a secoué la tête.

Jester s'était perdu.

« Super », j'ai dit.

On était sacrément dans la mouise.

Pas question de retourner à sa recherche : Diana refusait maintenant de quitter l'Éden, et de toute façon elle s'était tordu la cheville ; apparemment, elle pouvait à peine marcher. Elle ne voulait pas non plus qu'on la laisse toute seule. Vous me direz, l'un de nous deux aurait pu y aller et l'autre serait resté avec Diana. Moi, je trouvais que c'était une idée pas mal. Mais Phyllis était carrément contre. Elle disait que ça ne servait à rien que quelqu'un d'autre se perde. Que, si ça arrivait, les deux restants seraient encore plus dans la panade[1].

« Il faut y aller, geignait Diana. Il faut partir maintenant, parce que si l'ogre revient…

– Attends, j'ai dit, tu crois *vraiment* que c'était un ogre ?

– En tout cas, c'est à ça que ça ressemblait, a répondu Diana.

– Hé, c'est des histoires, tu sais ? Juste des trucs inventés par MG pour nous foutre la trouille.

– Je sais ce que j'ai vu, Arthur. »

J'ai réfléchi un moment et j'ai secoué la tête.

« Bon, alors qu'est-ce qu'on fait ?

– On rentre, a dit Phyllis.

– Et Jester ? » a demandé Diana.

Ni Phyllis ni moi ne lui avons répondu. On l'a aidée à se lever. Elle pouvait à peine toucher le sol avec son pied. Elle s'était vraiment fait mal. Elle a dû passer ses bras autour de nos épaules pour qu'on la traîne jusqu'à la barque. Ça nous a pris pas mal de temps, avec les ronces et tout et le sentier cabossé[2],

1. ***La panade*** : l'embarras (familier).
2. ***Cabossé*** : abîmé, déformé.

mais on a quand même fini par y arriver. Phyllis est partie pousser la barque dans l'eau, tandis que Diana se tenait accrochée à mon cou, une jambe relevée comme un héron, et puis on l'a amenée jusqu'au rivage.

Diana n'arrêtait pas de se retourner pour regarder la forêt derrière nous.

Comme si ça allait faire revenir Jester.

Phyllis et moi, on a pris les rames et on s'est mis à pagayer.

On était tous les trois silencieux. On pensait tous les trois à la même chose : comment on allait expliquer ça à MG – la robe déchirée, la cheville foulée, Jester disparu.

« Écoutez, a dit Phyllis quand on a commencé à se rapprocher du Bunker. On ne va pas se mettre à tout lui raconter, d'accord ? On va juste dire que Jester est parti faire un tour sans nous en parler. Après tout, c'est sa faute tout ce qui s'est passé. »

Diana l'a regardée avec de grands yeux.

« T'es folle, elle a dit. Il faut lui dire. Il faut qu'elle parte à sa recherche.

– Ah, ah. Parce que tu crois que, *elle*, elle va le retrouver ?

– Elle a des armes, a dit Diana. Elle connaît le cratère comme sa poche.

– Arthur ? »

Elles se sont mises à me fixer toutes les deux.

« Ben... j'ai commencé. Je ne sais pas trop. Si on lui raconte tout, elle va nous passer un sacré savon. Et je n'ai pas trop envie de moisir trois jours dans le cabanon. Mais c'est vrai qu'elle peut sûrement retrouver Jester.

– Pas cette nuit en tout cas. Écoutez : je propose qu'on ne lui dise rien jusqu'à demain midi, entendu ? Si demain à midi Jester n'est pas revenu, alors on raconte. »

On a hoché la tête.

Pour descendre de la barque, ça a encore été tout un cirque. Diana avait de plus en plus mal, et on a pratiquement été obligés de la porter jusqu'à sa chambre. Je ne vous dis pas dans les escaliers ! Une fois arrivés à l'étage, on s'est redressés, Phyllis et moi, et on a regardé par la fenêtre. Le soleil était au zénith, il devait être à peine midi, on avait encore tout l'après-midi devant nous.

Enfin, c'est ce qu'on croyait. Parce qu'en fait MG est revenue une heure plus tard.

On était tous les trois à discuter dans la chambre de Diana quand on a entendu ses pas sur le ponton.

« Merde », a soufflé Phyllis.

Je me suis levé d'un bond. J'ai désigné la cheville de Diana.

« Tu t'es fait ça en ratant une marche d'escalier, j'ai dit. Enlève ta robe, mets quelque chose d'autre, n'importe quoi. Vite ! »

Elle a fait comme je disais, en me regardant bizarrement. Ce n'était pas habituel, que je prenne les choses en main comme ça, mais ce coup-ci il y avait vraiment urgence. Je n'ai même pas pensé à la regarder tandis qu'elle se changeait.

Deux minutes plus tard, la porte de la chambre s'est ouverte. Diana était assise sur son lit, en pantalon et T-shirt. Phyllis et moi, on était assis par terre, dans un coin. De véritables petits anges.

« Alors ? a demandé MG. Le contrôle est fini ?

– Oh, oui, a répondu Phyllis.

– Ce n'était pas très facile, j'ai fait.

– Et Jester ?

– Vous ne l'avez pas vu ? »

Elle nous a regardés un long moment, comme si elle essayait de lire dans nos pensées.

« Où est-il ? » elle a demandé.

Elle avait les cheveux défaits et elle semblait fatiguée, comme quelqu'un qui vient de courir pendant une heure sans s'arrêter.

« Il nous a dit qu'il partait faire un tour en barque », a dit Diana.

Phyllis et moi, on s'est regardés et on a pensé la même chose. *Quelle gourde !*

MG a plissé les yeux.

« En barque ? Mais les deux barques sont là !

– Alors, peut-être qu'il a menti, a dit Phyllis en lui souriant. Peut-être qu'il s'est caché quelque part. Je ne sais pas. Il est sûrement à l'observatoire.

– Je vais monter voir.»

Elle est repartie sans refermer la porte.

On s'est aussitôt tournés vers Diana.

«Bien joué, le coup de la barque, j'ai dit avec une grimace.

– Souvenez-vous, a sifflé Phyllis. Nous ne savons pas où est Jester. D'ailleurs, c'est vrai.»

Diana a fait mine d'essuyer des larmes au coin de ses yeux. Cette fille, dès qu'il y a un problème, c'est la fontaine assurée.

«Il ne va jamais revenir», elle a dit.

Quelques minutes plus tard, on a vu MG partir. Elle emmenait la deuxième barque avec elle. Phyllis et moi, on a passé une bonne partie de l'après-midi à causer de choses et d'autres au bord de la piscine désaffectée, au deuxième étage. Je lui ai dit que j'avais gardé la robe de Diana avec moi, que je l'avais cachée sous une pile de vêtements dans mon armoire.

«Tu devrais simplement la détruire, elle a dit. Si MG la trouve, elle comprendra tout.»

On a continué à parler de choses et d'autres. Je ne vais pas tout vous raconter. Puis on est redescendus pour voir comment allait Diana. Sa porte était entrouverte : elle s'était endormie en tenant son oiseau mécanique serré contre elle, et sa cheville dépassait de sous la couverture : en tenant un petit bandage, toute seule. On s'est souri et on est retournés au bord de la piscine.

Jour 7

Incroyable !

Jester est revenu.

Il faut que j'essaie de raconter ça dans l'ordre.

Hier soir, MG est rentrée avec une seule barque. Aucune nouvelle de Jester. Est-ce qu'on en avait, nous ? On a fait signe que non. Alors elle nous a pris un par un dans la salle d'études pour nous poser des questions.

Phyllis et moi, on avait peur que Diana craque et qu'elle se mette à raconter n'importe quoi. En fait, elle s'en est très bien sortie. Elle n'a pas dit un mot de tout ce qui s'était passé.

Au repas du soir, il y avait une drôle d'ambiance. MG a commencé par nous avertir que dorénavant elle pousserait le verrou de la porte d'entrée. On a acquiescé[1] en silence.

Dehors, une tempête s'était levée, une tempête de sable comme il en vient parfois, et on imaginait tous Jester, perdu en pleine forêt, avec ces nuages de sable rouge passant au-dessus du cratère et les cimes des arbres courbées par les rafales.

« Si vous avez quelque chose à m'apprendre, a déclaré MG, c'est maintenant. »

---

1. ***On a acquiescé*** : on a exprimé notre accord.

Nos regards se sont croisés, mais personne n'a ouvert la bouche. On s'est contentés de manger notre soupe d'algues comme si de rien n'était.

C'était vraiment très étrange.

Ça l'est devenu encore plus quand MG s'est mise à parler toute seule.

Elle ne touchait pas à son assiette.

Elle regardait droit devant elle, les cheveux en désordre.

«Très bien, elle disait. Je suppose que *tu* es satisfait ?»

Diana s'est mise à renifler bruyamment. MG ne l'a même pas regardée.

«Qu'est-ce que tu veux de plus, hein ? Que je te les apporte pieds et poings liés ?

– Je peux sortir de table ?» a demandé Diana.

Pas de réponse. Phyllis m'a regardé, et je me suis levé. J'ai pris Diana par la main, doucement, et je l'ai conduite jusqu'à sa chambre. Une fois arrivée à son lit, elle n'a pas voulu me lâcher. Elle pleurait à chaudes larmes, ses épaules tressautaient[1], elle n'arrivait plus à s'arrêter.

«J'ai peur ! elle disait.

– T'inquiète pas.

– Je ne veux pas être dans le noir.

– Eh bien, tu n'as qu'à laisser la lumière allumée, hein ? Écoute, je vais redescendre, pour être un peu avec Phyllis, et je dirai que tu es malade, d'accord ? Ensuite, je reviendrai te voir.

– Promis ?

– J'ai hoché la tête et je l'ai laissée, assise sur son lit.

– Arthur ?

– Quoi ?

– Tu crois que MG est devenue folle ?

– Je n'en sais rien, j'ai dit. Je n'en sais vraiment rien.»

1. ***Tressautaient*** : étaient secouées par petites saccades, par petits mouvements brusques.

Et je suis redescendu.

Le repas s'est terminé en silence. MG n'arrêtait pas de tripoter la chaîne en or qu'elle avait autour du cou. Ses lèvres bougeaient, elle murmurait des trucs, mais on n'entendait rien.

«Mademoiselle Grâce, a demandé Phyllis au bout d'une demi-heure, on peut aller se coucher ?»

MG l'a regardée sans comprendre. Phyllis s'est levée.

«Viens, Arthur.»

On est montés tous les deux.

On a passé la nuit dans la chambre de Diana, parce qu'elle ne voulait pas rester toute seule. MG déteste qu'on dorme dans les chambres les uns des autres; les rares fois où on l'avait fait, elle avait menacé de nous envoyer au cabanon. Mais ce coup-ci, elle n'a rien dit, pour la simple et bonne raison qu'elle n'est même pas montée se coucher.

Phyllis s'est installée dans le lit de Diana. Moi, j'ai dormi par terre, vous imaginez bien.

Dehors, la tempête soufflait comme ce n'était pas permis. Le vent soulevait l'eau du marais… Des rafales comme des coups de fouet… Pas le temps idéal pour passer la nuit dehors.

L'oiseau mécanique de Diana veillait sur nous en tournant doucement la tête.

C'était bizarre. Je me suis enroulé dans une couverture et j'ai fini par m'endormir en pensant à Jester. C'est vrai que je le trouvais un peu fatigant et qu'on ne s'entendait pas superbien ces temps-ci; il passait son temps à m'envoyer des vannes[1], mais je savais que, tout ça, ce n'était que de la frime pour plaire à Diana. En vérité, on était comme des frères. Et je me faisais beaucoup de souci pour lui.

Quand j'ai rouvert les yeux, il était six heures du matin et un peu de lumière commençait à rentrer dans la chambre. Je me suis

1. ***M'envoyer des vannes*** : se moquer de moi (terme familier).

mis debout et j'ai regardé le jour se lever entre les lamelles de la persienne. La tempête était passée.

« Zrouïk, a fait l'oiseau mécanique de Diana.

– Salut », j'ai dit.

Je suis descendu.

Jester n'était toujours pas rentré.

Dans la salle à manger, MG avait préparé notre petit déjeuner, mais elle n'était pas là. Sûrement partie à la recherche du quatrième larron[1]. Je me suis assis, les filles ont fini par arriver. On a mangé un peu et on a débarrassé sans dire un mot, puis on est montés dans nos chambres pour commencer nos devoirs. Il n'y avait pas grand-chose d'autre à faire.

À midi, MG est rentrée. Elle était dans un tel état qu'on s'est dit qu'on allait attendre encore un peu avant de lui parler. Elle portait les mêmes vêtements que la veille, ses bottes étaient toutes crottées. Des tics déformaient son visage. Elle n'était pas maquillée ni rien. Elle faisait comme si on n'était pas là. Elle a chargé son shotgun devant nous, elle a tiré son fauteuil à bascule sur la véranda, et puis elle s'est installée là et elle a attendu. En se balançant.

« Mademoiselle Grâce ? »

Pas de réponse. Juste le grincement du fauteuil à bascule.

Je suis rentré sur la pointe des pieds.

Avec les filles, on a fouillé le garde-manger à la recherche de quelques provisions et on a grignoté en silence. La cheville de Diana était presque guérie. Elle s'était mis un peu de pommade dessus, et ça avait marché. Au moins une bonne nouvelle.

Phyllis s'est mise à jouer avec un couteau de cuisine : elle plantait la lame entre ses doigts écartés.

« Arrête, a chuchoté Diana. Je déteste ça.

– Bon, j'ai dit. Qu'est-ce qu'on fait, maintenant ? Vous avez un plan ? »

---

1. ***Larron*** : étymologiquement, « voleur », désormais utilisé comme synonyme de « complice ».

Phyllis allait me répondre quelque chose, mais elle s'est arrêtée net.

«Eh ben quoi ? j'ai dit. Ferme la bouche !

Oh ! Oh ! » a fait Diana.

Je me suis retourné pour voir ce qu'elles regardaient. Mon cœur a fait un bond dans ma poitrine. Jester était là, debout sur le ponton. Ses vêtements étaient tout déchirés et complètement trempés, il avait les cheveux en bataille, on aurait dit qu'il était parti depuis dix ans. Il souriait. MG restait complètement immobile. On s'est avancés dans le hall.

«Je vois que tu as trouvé la barque», a dit mademoiselle Grâce.

Jester n'a rien répondu. Il souriait toujours.

«Comment aurais-tu fait, si je n'avais pas pensé à t'en laisser une, hmm ? Tu serais resté sur l'autre rive. Tu serais mort de faim, ou d'autre chose. En quelques jours.

– J'aurais attendu que vous veniez me chercher», a répondu Jester.

MG a posé la crosse de son shotgun à terre.

«Va au cabanon, elle a dit. Vas-y tout de suite. Et ne t'avise pas[1] d'émettre le moindre commentaire. Tu resteras là-bas jusqu'à ce que j'aie décidé que tu peux revenir. Et crois-moi, ce n'est pas pour tout de suite.»

On s'est avancés sur le perron. Jester nous a vus et nous a fait un clin d'œil.

«Exécution ! » a craché MG.

Jester est passé devant nous pour monter à l'étage. On est restés immobiles.

«Vous trois, dans vos chambres ! a ordonné MG. Dans vos chambres jusqu'à nouvel ordre. Interdiction de sortir du Bunker et, bien évidemment, de vous servir des barques. Vous n'aurez qu'à en profiter pour vous avancer dans vos devoirs. Ah, et je vous

1. ***Ne t'avise pas*** : n'essaie pas.

défends également d'aller parler à Jester. Défense absolue. Je vais avoir une petite discussion avec lui, vous pouvez me croire.»

On est montés dans nos chambres sans demander notre reste.

Si nos naviborgs avaient été reliés entre eux, on aurait pu discuter. Mais ce n'était pas le cas. Ils étaient juste connectés à l'unité centrale de MG. Chacun pour soi, donc.

J'ai passé l'après-midi dans ma chambre, à réfléchir et à ranger quelques trucs.

Je n'avais pas très envie de travailler à mon journal.

J'ai joué un peu sur le naviborg tandis que le soir tombait. C'était un jeu débile que je connaissais par cœur, un truc qui devait dater d'au moins dix mille ans, avec des vaisseaux à dézinguer[1] et tout. Ça faisait une éternité que je n'y avais pas joué. Étrangement, ça me faisait du bien. Les vaisseaux défilaient en rangs serrés sur l'écran holographique : dès qu'ils apparaissaient, je leur tirais dessus.

À sept heures, on est descendus pour dîner.

MG ne disait pas un mot.

Vers le dessert, Phyllis a voulu poser une question, mais mademoiselle Grâce lui a simplement fait signe de se taire. Aucune nouvelle de Jester, évidemment.

À huit heures moins le quart, on est remontés dans nos chambres.

«Extinction des feux à neuf heures», a jeté MG.

C'était vraiment gai, je vous jure.

Un peu avant neuf heures, je suis sorti pour aller aux toilettes. MG se tenait au bout du couloir, les bras croisés dans la pénombre.

«Je… Je vais au petit coin», j'ai balbutié[2].

Elle a hoché lentement la tête. Elle n'avait pas l'air de me croire du tout. Je suis quand même allé aux toilettes mais, le

1. ***Dézinguer*** : détruire (terme familier).
2. ***J'ai balbutié*** : j'ai dit avec hésitation.

problème, c'est que je n'avais plus du tout envie. Au bout d'un moment, j'ai tiré la chasse d'eau. Comme si. Quand je suis sorti, MG était toujours là, devant la porte de sa chambre. Elle commençait vraiment à me ficher la trouille.

Je suis rentré dans ma chambre sans un mot.

À neuf heures, comme prévu, j'ai éteint.

À présent, il est onze heures et demie, et je finis de taper ces lignes. Je dois faire supergaffe, parce que si MG se doute de quelque chose, ça risque de chauffer pour de bon.

Jour 8

Il est midi. Je tombe de fatigue. Je viens de finir une dissertation.

Le thème était : « Pourquoi avons-nous besoin des autres ? »

J'ai dit que, à mon avis, on n'avait pas vraiment besoin des autres, qu'à partir du moment où vous aviez à manger et tout, vous pouviez très bien vous en sortir tout seul, et que les autres, c'était surtout une source de disputes et de problèmes. La seule exception, j'ai ajouté, c'est la famille. Sauf que je n'étais pas très bien placé pour parler de famille. Est-ce que Diana et les autres faisaient partie du tableau ? Au fur et à mesure que j'écrivais, je me suis rendu compte que je m'étais un peu emballé à propos des gens qui peuvent soi-disant rester tout seuls et qui n'ont besoin de personne. La vie, c'est jamais très simple. Mais il m'aurait fallu beaucoup plus de temps pour réfléchir. C'est ça qui est débile avec les dissertations. On ne peut pas trouver la solution à tous les problèmes en deux heures chrono.

Bref, j'ai terminé ça à toute allure, et MG va certainement me dire que c'est mal construit, comme d'habitude, et que je devrais faire un plan avant de me lancer tête baissée, mais ça m'est complètement égal.

Je tombe de fatigue, parce que à cinq heures ce matin quelqu'un a frappé à ma fenêtre.

Dans chacune de nos chambres, on a des grandes baies vitrées électriques qui donnent sur la terrasse. Le problème, c'est que quand on les ouvre il y a un voyant rouge qui s'allume sur un panneau de contrôle dans la chambre de MG, et qu'on ne peut pas les fermer de l'extérieur.

Je me suis levé.

C'était Phyllis. Elle se tenait tout habillée devant ma baie et agitait sous mon nez un papier avec un mot écrit dessus.

Habille-toi.
Prends quelque chose de gros avec toi.
Et ouvre ta fenêtre.

J'ai commencé à secouer la tête. J'étais encore complètement endormi, le jour se levait à peine. Phyllis a sorti un autre papier de derrière son dos.

Dépêche-toi.
C'est important !

Je me suis habillé en vitesse, j'ai attrapé une sorte de vieux robot déglingué (un jouet Armistad™ [1]) et je me suis approché de la baie. J'avais le doigt sur le bouton d'ouverture. Phyllis m'a fait signe d'y aller. J'ai appuyé. La baie a coulissé [2] en silence.

« Qu'est-ce que… » j'ai commencé.

Phyllis m'a attiré au-dehors, m'a enlevé le robot des mains et l'a lancé à l'intérieur de ma chambre. La baie s'est refermée immédiatement.

« Génial, j'ai murmuré.

– T'avais jamais pensé à ça ? a chuchoté Phyllis. Bon, écoute : c'est le moment.

– Le moment ?

---

1. ***TM*** : de l'anglais *Trade Mark*, « marque de fabrique » ; cette mention accompagne le nom ou le symbole utilisé par une marque sur ses produits, qui ne peut être légalement copié ou employé par une autre marque.
2. ***A coulissé*** : s'est ouverte par glissement.

– D'aller retrouver Jester dans le cabanon. T'es réveillé, ou quoi ?

– Pas trop. Et Diana ?

– Inutile. Elle nous encombrerait plus qu'autre chose. Maintenant, chhhut, elle a fait en posant un index sur ses lèvres. On va passer devant la chambre de MG pour emprunter la passerelle. Marche courbé, prends ton temps et ne pose pas de question, OK ?

– OK. »

On a commencé à avancer sur la terrasse. La baie de MG était ouverte. Il fallait faire très attention. En passant, j'ai jeté un œil à l'intérieur. C'était l'obscurité complète. J'ai imaginé MG, les yeux grands ouverts, nous observant. Un frisson est remonté le long de mon échine. Mais il ne s'est rien passé, et on est arrivés sur la passerelle qu'on a empruntée sur la pointe des pieds pour éviter les grincements.

« Parfait ! » a soufflé Phyllis.

Arrivée devant la porte du fumoir, elle s'est retournée vers moi.

« Ça, c'était sûr, elle a dit. MG a mis un foutu cadenas. »

Je me suis redressé.

Il faisait froid, le ciel était d'un gris jaunâtre, et il commençait à pleuvoir : de grosses gouttes de pluie bien lourdes, des ronds par milliers sur les eaux brunes du marais. Je me suis avancé pour examiner le cadenas. Il avait l'air drôlement solide. Et c'était même pas la peine de songer à le forcer : MG s'en apercevrait immédiatement.

« J'ai une autre idée », j'ai dit.

On est retournés sur nos pas et on a contourné le Bunker par l'autre côté. On est descendus au rez-de-chaussée en se laissant glisser par un pilier de la véranda.

« D'accord, a dit Phyllis. Mais comment on fera pour rentrer tout à l'heure ? La porte principale est fermée.

– Chaque chose en son temps. »

Phyllis a fait la moue. Nos deux barques étaient là. Elles se balançaient mollement. On est montés dans la première.

Évidemment, MG nous l'avait formellement interdit, mais, après tout, elle ne nous avait pas non plus autorisés à sortir de nos chambres à cinq heures du matin.

On s'est donc installés, on a pris nos rames et on a fait glisser notre embarcation jusqu'au cabanon. Le seul moyen d'y entrer, c'était par en haut : il y avait une espèce de trappe, mais il fallait passer par le fumoir pour l'ouvrir. Mon idée, c'était que si on ne pouvait pas pénétrer dans le cabanon, on pouvait quand même communiquer avec son occupant depuis l'extérieur.

Arrivés devant le cube de verre, on a tout de suite tapé au carreau.

Je ne sais pas si Jester dormait ou quoi, en tout cas il est apparu aussitôt. Il avait l'air supercontent de nous voir. Le problème, c'est que sa tête dépassait à peine du niveau de l'eau. Il a commencé à dire un truc, mais on n'a rien entendu. La paroi était plus épaisse qu'on avait pensé. On lui a fait signe qu'on ne comprenait rien, alors il a écrit un truc avec son doigt sur la surface du verre pleine de buée :

! zeirdneiv suov euq siavas eJ

« Quel imbécile, a soupiré Phyllis. Il a oublié d'écrire à l'envers. »

« *Comment ça va ?* » elle a demandé silencieusement en essayant de bien articuler chaque syllabe.

Il a levé un pouce en l'air.

« Qu'est-ce qui t'est arrivé ? »

Il a essayé de répondre quelque chose, mais on ne comprenait toujours rien.

Alors, il nous a fait signe de bouger un peu notre barque pour qu'on se mette devant une autre paroi du cabanon, où il n'y avait encore rien d'écrit. Là, il s'est mis à dessiner un truc. Au début, ce n'était pas très clair, mais on a fini par reconnaître le Bunker et le marais. Sur un coin du marais, il a tracé une petite barque, il a même écrit «barque» pour qu'on comprenne bien. Puis il a dessiné une croix et l'a pointée plusieurs fois du doigt. Et il a fait des signes avec ses mains, genre un animal qui creuse son terrier.

Phyllis et moi, on s'est regardés sans comprendre.

Jester a répété son manège et a pointé de nouveau la croix. Puis il a tendu un doigt vers nous. Manifestement, il voulait qu'on fasse quelque chose.

«*C'est quoi?*» a interrogé Phyllis en tapotant la croix de son index replié.

Jester a écrit un seul mot sur la vitre (à l'envers, cette fois) :

trésor

«Quel genre de trésor ?» a murmuré Phyllis.

Jester lui a fait signe qu'il n'entendait rien.

J'ai levé les yeux au ciel. Cette fois ça y était, il pleuvait pour de bon.

«Dis donc, il faudrait qu'on y aille, maintenant.»

Je commençais à avoir la trouille que MG s'aperçoive de notre absence. Sans compter qu'on avait ce problème pour rentrer dans le Bunker, maintenant que nos fenêtres étaient refermées et la porte d'entrée aussi.

Quand on a expliqué à Jester qu'on allait devoir le laisser, il a eu l'air désespéré. On aurait dit qu'on n'allait plus jamais se revoir. On a essayé de lui expliquer qu'on allait revenir, mais il nous a fait un signe comme quoi il voulait nous trancher la gorge. Puis son visage s'est radouci, et il nous a montré une dernière fois la barque, avec la croix à côté.

On est partis en lui faisant de petits au revoir.

À présent, il pleuvait carrément à torrents.

On a ramené la barque au ponton, en faisant en sorte de la remettre exactement comme elle était, puis on s'est abrités sous la véranda. J'ai essayé d'ouvrir la porte. Elle était fermée, évidemment.

« Génial, j'ai soupiré. Et maintenant ? »

Phyllis n'a rien répondu. Elle a simplement grimpé sur le rebord de la balustrade et a commencé à escalader un pilier, en me faisant signe de la pousser vers le haut.

« Je ne suis pas sûr que ce soit une très bonne idée, j'ai murmuré.

– T'as une autre solution ? »

Elle a attrapé les barreaux de l'étage supérieur (côté Diana) et elle s'est hissée comme un chat. La pluie me fouettait le visage. Je me retrouvais tout seul. Trop gros pour l'escalade, mon pauvre Arthur.

« Phyllis ? »

Pas de réponse.

Au bout d'un moment qui m'a paru interminable, j'ai entendu quelqu'un descendre les escaliers. Clic clac. La tête de Phyllis est apparue sous le porche.

« Viens vite ! » elle a dit.

Je me suis précipité à l'intérieur.

« Enlève tes chaussures.

– Comment tu as fait, là-haut ?

– Pour ?

– Pour entrer ?

– J'ai demandé à Diana, qu'est-ce que tu crois ? »

Je suis monté à sa suite, et on est retournés dans nos chambres en attendant que le jour se lève vraiment. Je ne me suis même pas rendormi.

***

Neuf heures du soir.

Dehors, la pluie n'a pas arrêté de tomber de toute la journée. MG nous a dit que ça allait bientôt se calmer. Elle est la seule à avoir une connexion réseau extérieure, la seule à savoir ce qui se passe dans le monde.

Cet après-midi, on a regardé un film dans la bibliothèque. Projection spéciale, je ne sais pas en quel honneur. MG est de plus en plus bizarre ces temps-ci. Le film s'appelait *Le Roi des Aulnes*[1], un truc de 2020 à peine, si j'ai bien compris : tout en images, avec un scénario linéaire[2], des acteurs et tout. Vraiment le truc préhistorique.

J'étais tellement fatigué que j'ai passé la moitié du temps à somnoler. Il y avait ce type qui avait perdu son fils, il fallait qu'il aille le récupérer dans le Royaume des Morts, et pour ça il devait discuter avec un genre d'arbre géant, appelé le Roi des Aulnes, dont la spécialité était de broyer des gens entre ses racines. Ça se finissait pas trop mal. Le gamin était sauvé, et le Roi des Aulnes se retrouvait dans un gouffre sans fond. Dommage pour lui.

Après ça, on est retournés dans nos chambres en attendant le dîner.

De nouveau, on a parlé. Évidemment, Diana nous a fait toute une scène comme quoi on aurait dû l'emmener avec nous ce matin et tout, et il nous a fallu trois bonnes heures pour lui expliquer pourquoi on était partis sans elle. Une fois qu'elle a été calmée, on lui a expliqué ce qui s'était passé. Il y avait cette fichue croix, et on ne savait pas trop quoi en penser. Mon avis personnel, c'était que Jester avait enterré quelque chose à l'endroit exact où on avait laissé notre barque quand on était partis tous les quatre. Son plan sur la vitre, c'était un genre de carte au trésor. La croix marquait l'emplacement.

« Il faut y aller, j'ai dit. Dès cette nuit. »

Les deux filles ont été tout de suite d'accord.

On s'est rendu compte qu'il fallait que quelqu'un reste dans le Bunker pour ouvrir la porte d'entrée, maintenant que MG verrouille tout. On a tiré au sort, et devinez quoi ? C'est sur moi que c'est tombé.

La suite demain ?

---

1. ***Le Roi des Aulnes*** : roman de Michel Tournier, qui a obtenu le prix Goncourt en 1970 et a été adapté au cinéma en 1996 par Volker Schlöndorff. L'un des thèmes de ce roman est celui de l'ogre ravisseur d'enfants.
2. ***Linéaire*** : à la progression continue.

***

Hum, hum. Il est une heure du matin, et les filles ne sont toujours pas revenues.

À minuit tout rond, Phyllis est sortie par la fenêtre de sa chambre avec une petite lampe pinceau. Elle m'a fait un signe de la main, et elle est allée rejoindre Diana sur la terrasse, de l'autre côté du Bunker. Vous me direz, plutôt qu'elles descendent par un pilier de la véranda, il aurait suffi de laisser le verrou de la porte d'entrée tiré, comme ça on aurait pu partir tous les trois. Phyllis prétend que c'est trop risqué, que MG est capable de se relever la nuit pour vérifier. Et puis qu'on ne peut pas laisser Jester tout seul avec MG. Elle n'a peut-être pas tort. Je ne sais pas. Bon, j'ai l'impression de m'être fait un peu avoir.

Et dire que Jester est tout seul dans son cabanon ! Dire que les deux filles sont toutes seules dans leur barque, dans la nuit noire, avec juste leurs petites lampes pinceaux ! Tout à l'heure, j'ai eu un flash : je me suis vu moi aussi tout seul dans le Bunker. Les filles ne revenaient pas, Jester restait prisonnier jusqu'à la fin des temps. J'étais tout seul avec mademoiselle Grâce, et elle passait ses journées à m'espionner, à surveiller chacune de mes allées et venues. C'était horrible. Je crois que je deviendrais fou.

En fait, je suis vraiment content d'écrire ce journal. Sans doute que ça ressemble de moins en moins à ce que Phyllis avait en tête, parce qu'on ne peut pas dire que je laisse vraiment tomber les détails ou que je sois spécialement objectif, comme elle dit. Mais, au moins, j'ai l'impression de parler à quelqu'un.

***

Presque deux heures.

J'attends toujours.

Jour 9

C'est le soir.

Pas facile d'écrire après une journée pareille.

Les filles sont rentrées à trois heures. Elles ont été obligées de lancer des petites branches contre ma fenêtre parce que je m'étais assoupi. Je me suis levé d'un bond, je les ai regardées, debout dans leur barque et me faisant de grands signes. Je suis descendu au rez-de-chaussée sur la pointe des pieds et je leur ai ouvert.

«Ah, bravo ! a chuchoté Diana en passant près de moi. Un peu plus, on réveillait MG ! »

Phyllis m'a adressé un petit signe de tête. Elle tenait un truc bizarre dans les mains, comme une sorte de microdisk, mais comme il faisait sombre, je ne voyais pas grand-chose.

«Alors ? » j'ai soufflé.

Pour toute réponse, elle a posé un doigt sur ses lèvres.

On est montés direct à l'étage et on s'est enfermés dans la chambre de Diana.

Il y avait juste une petite veilleuse allumée. Les filles étaient trempées jusqu'à la moelle des os. Phyllis n'arrêtait pas de retourner le microdisk entre ses mains.

«Brr, je suis morte de froid, a dit Diana. En plus, j'ai perdu mon nœud dans les cheveux.»

Elle s'est débarrassée de son manteau, puis de sa jupe, et s'est tournée vers moi en petite culotte au moment de faire passer son T-shirt par-dessus ses épaules.

«Tu peux te retourner, Arthur ?»

Elle était vraiment très belle. J'ai mis un moment à comprendre. Elle a soupiré. Je me suis retourné. Au bout d'un moment, elle a dit «C'est bon» et j'ai pu la regarder de nouveau. Elle avait enfilé un pyjama propre, et elle avait démêlé ses cheveux. Phyllis, elle, ne s'était pas changée. Elle sentait la pluie. On s'est assis en tailleur, on a éteint la veilleuse. Ça faisait vraiment réunion ultrasecrète.

«Tu avais raison, a dit Phyllis. C'était une carte au trésor.

– Qu'est-ce que vous avez trouvé ?»

Elle a posé le microdisk entre nous. Il y avait un peu de terre dessus, c'était une marque ancienne, mais ces petits machins-là étaient connus pour être particulièrement résistants.

«On l'a déniché à l'endroit précis où on avait planqué la barque. Il était enterré. Jester l'avait enterré sous un petit tumulus[1].

– Vous avez mis du temps.

– Il faisait nuit noire, a dit Phyllis. On s'est à moitié perdues dans les marais. Ensuite, il a fallu retrouver le bon endroit. Et puis…

– Et puis je ne voulais pas y aller, a dit Diana. Arthur, tu aurais pu prendre ma place. C'était ton rôle, c'est vrai, quoi ! J'avais encore mal à ma cheville et il pleuvait tellement fort ! La pluie, ça énerve les alligators.

– Mais je *voulais* y aller ! j'ai fait, complètement estomaqué.

– Oh, on dit ça.

– Bref, tout ça pour dire qu'on a perdu un peu de temps, a tranché Phyllis. Enfin, on l'a trouvé, ce fichu trésor. Maintenant, reste à savoir ce que c'est.»

Doucement, j'ai pris le microdisk entre mes mains. Je l'ai examiné sous tous les angles. Rien de particulier.

1. ***Tumulus*** : amas de terre.

« On doit pouvoir le lire, j'ai dit.

– Tu crois ?

– Oui. Nos naviborgs sont rétro-compatibles[1].

– Alors, on le fait ? » a demandé Diana.

On s'est levés tous les trois. J'ai introduit le microdisk dans le naviborg de Diana. Un menu est apparu. Des milliers de fichiers. On a commencé à les faire défiler.

Ils étaient tous vierges.

« Bon, génial, a dit Phyllis en appuyant sur "Éjecter".

– Hé ! Mais on n'avait pas fini !

– Y a rien du tout là-dessus. C'est une blague de Jester. Une fichue blague.

– Comment tu le sais ?

– Je le sais, c'est tout », a dit Phyllis.

Ses yeux brillaient comme ceux d'un chat.

Il y a eu un silence.

« On n'a pas de microdisk comme ça dans le Bunker, j'ai dit. Je ne vois pas pourquoi Jester se serait amusé à faire un truc pareil.

– Eh bien, on lui posera la question directement, d'accord ? Et on en profitera pour lui demander où il l'a trouvé. Je suis sûre qu'il nous fera une réponse très intéressante. »

Mais qu'est-ce qui lui prenait ?

« En attendant, qui est-ce qui le garde ? a demandé Diana.

– C'est moi, a répondu Phyllis en me reprenant le petit machin des mains. Ma chambre, c'est le seul endroit de la maison où MG ne va jamais. À cause des araignées. »

J'étais trop fatigué pour discuter. Des fichiers vierges. Après tout, quelle importance ? On a laissé Phyllis emporter le « trésor » dans sa chambre et on est allés se coucher.

Quand même, j'étais assez déçu. J'avais pensé que les filles allaient trouver un vrai trésor, comme dans les films. Ou un passage secret. N'importe quoi.

---

1. ***Rétro-compatibles*** : compatibles avec des logiciels anciens.

Je me suis rendormi assez vite. J'ai rêvé qu'un homme venait me chercher. Un homme masqué, que je ne connaissais pas. Il m'emmenait dans un endroit très sombre et il s'asseyait en face de moi, sans parler. Dans mon rêve, je tenais le microdisk à la main. Je le mettais dans mon naviborg. Presque aussitôt, mon père et ma mère apparaissaient à l'écran. Ils commençaient à me parler. Mais le microdisk était trop vieux, et je n'entendais rien.

Je n'ai pas dormi très longtemps.

À sept heures trente-deux, mademoiselle Grâce a cogné à nos portes. En temps normal, elle ne faisait jamais ça.

«Arthur, sors immédiatement!»

Elle avait l'air carrément en rogne.

Vous parlez d'un réveil!

Je suis allé ouvrir.

MG se tenait devant moi, les mains sur les hanches. Elle m'a attrapé par une oreille et m'a fait sortir dans le couloir.

Un truc qu'il faut que je vous dise à propos de MG, c'est que jamais elle n'a levé la main sur nous. Jamais! Quand quelque chose ne va pas, on se tape des punitions pas possibles, genre un maximum de devoirs en plus, ou au pire on se retrouve au cabanon, et puis après, c'est terminé et on n'en parle plus.

Alors là, quand j'ai vu Diana en pleurs devant sa porte en train de se frotter la joue, son oiseau mécanique à la main, vous pouvez imaginer que ça m'a complètement scié.

Phyllis était là elle aussi. Elle ne m'a même pas regardé.

«Qu'est-ce qui se passe?» j'ai demandé.

MG avait le visage fermé et les cheveux défaits, une fois de plus. Tous les petits muscles de son visage tressautaient sous l'effet de la colère.

«Tu étais avec elle?

– Qui ça?»

Elle a fait mine de me flanquer une gifle, mais sa main s'est arrêtée juste à temps.

«Au nom du ciel, elle a fait en se triturant[1] le menton, au nom du ciel, Arthur, ne te moque pas de moi. Tu étais avec Diana, oui ou non ?

– Non, j'ai répondu.»

Ça paraissait tellement sincère que, sur le coup, elle a eu l'air soulagée. Le pire, c'est que j'avais l'impression de mentir.

«Cette nuit, a commencé mademoiselle Grâce, cette nuit, Diana est sortie, malgré mon interdiction formelle. Elle va être punie, évidemment. Elle va être punie, et elle s'en souviendra. J'ai l'impression de ne pas avoir été très claire avec vous. Diana, viens ici.»

Diana s'est avancée à petits pas. MG l'a tirée méchamment par le bras et l'a amenée devant elle.

«La prochaine fois que tu t'éloignes du Bunker, elle a dit, la prochaine fois que tu désobéis à mes ordres, je... je... »

Elle n'a pas terminé sa phrase.

Ça valait peut-être mieux.

MG a attrapé Phyllis par la main et l'a forcée à nous rejoindre. On était tous les trois devant elle, maintenant. Comme au tribunal. Les yeux de MG étaient tellement clairs qu'on avait l'impression qu'ils n'avaient plus de pupille. On aurait dit qu'elle avait pleuré.

«Après tout ce que j'ai fait pour vous. Qu'est-ce... Qu'est-ce qui vous arrive ? Vous n'êtes pas bien, ici ?

– Je voulais seulement... a murmuré Diana.

– SILENCE ! a hurlé MG en la secouant par les épaules. Silence, tu m'entends ? Non, non, vous ne comprenez rien. Armistad a construit cette maison pour vous, pour nous, vous ne le voyez donc pas ? L'Éden, vous savez ce que c'est, l'Éden ? Vous savez ce qu'il y a au-dehors ? Au-dehors, c'est le Mal qui rôde. Le Mal est partout. Le Mal, derrière le grillage. Vous ne devez jamais sortir, jamais ! »

1. ***Se triturant*** : se touchant nerveusement.

On en est restés muets. Mademoiselle Grâce, j'avais l'impression de la voir pour la première fois. Il y avait quelque chose de changé en elle. Elle avait perdu son assurance. Elle avait perdu son calme. Je me suis demandé ce qui avait bien pu se passer ces derniers jours pour qu'elle se mette dans des états pareils. Mince, ce n'était pas la première fois que l'un de nous partait faire un petit tour en barque !

« Je… Je suis désolée, a pleurniché Diana.

– Moi aussi, a dit MG. Moi aussi, je suis désolée. Vous ne vous rendez pas compte de ce qu'est le monde extérieur. Vous n'êtes que des enfants. Vous ne savez pas ce qui se trouve au-delà de l'Éden. Les ogres et leur… J'essaie simplement de vous… protéger. Une mère protège ses enfants.

– Vous n'êtes pas notre mère», a dit Phyllis.

MG l'a regardée comme si elle venait de proférer le plus épouvantable juron qu'on ait jamais entendu. Ses lèvres se sont pincées, elle a passé une main sur son visage.

«Tu es une petite peste, elle a dit d'une voix sourde. Tu ne m'as jamais aimée.»

Phyllis n'a rien répondu.

MG a pris Diana par la main et l'a entraînée vers le salon, pour sortir sur la terrasse. Au moment de disparaître, elle s'est retournée.

«Vous deux, dans vos chambres ! Immédiatement, et vous n'en sortirez plus jusqu'à nouvel ordre.»

Diana nous a jeté un dernier coup d'œil, les joues mouillées de larmes. MG n'allait certainement pas l'enfermer avec Jester. Ç'aurait été trop beau. Non, elle allait certainement la boucler dans le fumoir. Ils seraient l'un à côté de l'autre, mais ne pourraient quasiment pas se voir. J'ai imaginé Diana, debout devant la baie vitrée, les mains collées à la vitre, et Jester dans son cabanon, deux mètres en dessous, les yeux levés vers elle. Ça me rendait malade.

Je me suis retourné vers Phyllis.

« Qu'est-ce qui s'est passé ?

– MG a trouvé le nœud de Diana dans la barque.

– Mince. C'est malin. »

Il y a eu un silence. Phyllis a esquissé un sourire.

« On n'est plus que nous deux.

– MG est folle, j'ai dit. Là, je le pense vraiment. »

Phyllis m'a tourné le dos et s'est arrêtée devant la porte de sa chambre. Tout le Bunker était silencieux.

« Tu veux entrer ? elle a demandé. Avant que MG revienne ? »

J'ai lentement hoché la tête.

Elle est bizarre, Phyllis. Pas vraiment superbelle, comme je l'ai déjà dit, mais en même temps, quand elle enlève ses lunettes, ça lui donne un certain charme. Ça me fait drôle de dire ça, parce que cette fille, c'est vraiment presque ma sœur, je n'ai jamais pensé à elle autrement que comme ça, et puis aujourd'hui…

On est entrés dans sa chambre.

Quand on était petits, elle m'invitait, de temps en temps. Mais là, c'était différent.

À l'intérieur, c'était un bazar comme vous ne pouvez même pas imaginer. Y avait des piles de bouquins rapportés de la bibliothèque. Y avait des trucs accrochés aux murs, des oiseaux en papier, des guirlandes, des pendentifs étranges. Y avait des étagères branlantes avec des cailloux posés dessus, et une mâchoire de bébé alligator, et une peau de serpent, et des albums ouverts avec des feuilles séchées. Y avait des photos de stars d'idels d'il y a cinq siècles (de cinéma, comme on disait à l'époque), avec des gros nez par-dessus, dessinés au feutre noir. Y avait des décorations en fil de fer, comme des petites maisons, ou des labyrinthes. Sans compter les bocaux, des tas de bocaux avec des araignées à l'intérieur, et des pierres, et des plantes. Et les araignées agitaient leurs pattes toutes maigres derrière le verre poli.

Je n'avais pas peur. Enfin, pas vraiment.

Phyllis a sorti le microdisk de sous son lit. Elle l'a posé par terre et elle s'est assise devant, là où il y avait de la place, et je me suis assis à mon tour. Elle a enlevé ses lunettes. Elle s'est retournée pour attraper quelque chose. C'était un tube de rouge à lèvres. J'avais le cœur qui battait à deux mille à l'heure. Le plus étonnant, c'est qu'elle ne disait rien, rien du tout. Comme si le temps s'était suspendu.

Lentement, elle s'est passé du rouge sur les lèvres. Ce n'était pas vraiment du rouge en fait, plutôt un genre de mauve, mais ça allait très bien avec ses yeux. Elle a pris ses cheveux, elle les a remontés derrière la nuque et elle a sorti un truc de sa poche. Elle m'a montré ce que c'était. C'était le nœud de Diana. Le nœud qu'elle avait perdu et qui l'avait trahie. Phyllis l'avait récupéré dans la poche de MG !

« T'es cinglée », j'ai dit.

Elle s'est attaché les cheveux, et elle m'a souri.

C'était le sourire le plus mortel que vous puissiez imaginer.

Je vais vous dire, je ne pensais plus du tout à Diana. La fille que j'avais en face de moi était dix fois plus jolie. Bien sûr, ce n'était pas une beauté qu'on remarquait tout de suite, parce qu'elle ne faisait vraiment rien pour ça et, en temps normal, elle avait même plutôt tendance à s'enlaidir, mais ce coup-ci, ça m'a fait un sacré choc, je vous jure. J'avais l'impression de la voir pour la première fois.

«Tu te souviens, ce rêve dont je t'ai parlé il y a quelques jours ? »

J'ai fait signe que oui.

«Toi, elle a dit, tu ne mourais pas. »

Elle s'est penchée vers moi et elle a posé ses lèvres sur les miennes.

Le truc le plus dingue de toute ma vie.

J'ai fermé les yeux. J'aurais voulu que ça ne s'arrête jamais. C'était tellement…

Mais ça s'est arrêté, et j'ai fini par rouvrir les yeux.

Phyllis me regardait. Elle a pris ma main dans la sienne.

«Il faut qu'on reste ensemble », elle a dit.

J'ai hoché la tête. À ce moment précis, j'ai soudain eu l'impression de lire clairement dans ses pensées. C'était la première fois que j'en étais aussi sûr. Elle était en train… elle était en train de *penser* mon nom !

« Arthur. »

Et je lui ai répondu pareil !

« Oui ?

– Tu n'as pas l'impression d'être un peu prisonnier, parfois ?

– Prisonnier ?

– Genre prisonnier du paradis.

– Je… J'en sais rien.

– Eh bien, essaie d'y réfléchir. »

J'étais complètement perdu. Phyllis m'a souri de nouveau. Elle a pris un mouchoir, a essuyé le mauve de ses lèvres. Puis elle a ôté le nœud de ses cheveux et a remis ses lunettes. Fin de l'instant magique.

« Arthur, j'ai compris qui était la Voix dans la forêt.

– Ah ? »

Nous parlions de nouveau à voix haute.

« Tu veux savoir ?

– C'est… Je… »

Elle s'est levée, et j'en ai fait autant.

Elle a attrapé un masque maya sur une étagère, et elle se l'est mis devant le visage.

« Bouh ! elle a fait.

– Très drôle. »

Elle a haussé les épaules et a enlevé son masque, puis elle a agité le microdisk sous mon nez et elle l'a introduit dans son naviborg. Scintillement de l'écran holographique. Elle a fait défiler le menu à toute vitesse jusqu'au dernier fichier, le seul qui n'était pas vide.

« Je croyais que…

– Chhhut. »

Elle a cliqué sur « Exécuter ».

C'était un petit film 2D. Caméra digitale. J'ai retenu mon souffle.

On ne voyait pas grand-chose, l'image était d'assez mauvaise qualité. Quelque chose était marqué en incrustation : *oXatan* ? On distinguait juste quatre petites silhouettes, trottinant dans un long, interminable couloir. Des enfants. Des petits enfants.

« Qui c'est ? » j'ai demandé.

Le film a duré quelques secondes encore, et puis plus rien.

« Phyllis ?

– Il faut que tu retournes dans ta chambre, elle a dit. MG va revenir d'un moment à l'autre. »

***

J'ai passé toute la journée à réfléchir. Au film sur le microdisk. À l'attitude de MG. J'ai pensé à Phyllis, passionnément, à tout un tas de trucs bizarres, à ce qu'elle m'a dit quand on attendait le retour de Jester et qu'on discutait au bord de la piscine, il y a trois jours.

C'est marrant que ça me revienne maintenant.

À un moment, elle m'a demandé si je me souvenais de mon enfance, avant d'être arrivé ici.

« Oui, bien sûr, j'ai dit.

– Raconte-moi un de tes souvenirs. Quelque chose de précis. »

Je lui ai raconté la fois où on faisait des châteaux de sable sur la plage en Californie avec mon père. Comment une vague était arrivée et avait tout démoli, comment je m'étais levé d'un bond et…

« … et ton père t'a pris dans ses bras. Il t'a soulevé du sol et il t'a emmené dans la mer en galopant, il t'a montré la vague et vous avez couru dans l'eau à la poursuite de la vague, tu as frappé l'eau de tes mains, encore et encore, et ton père a souri en te regardant faire, et il a dit : "Voilà, je crois qu'elle est bien punie, maintenant !", et il t'a construit un autre château de sable, beaucoup plus solide, et tellement plus gros que la mer n'a jamais pu le détruire. »

J'en suis resté bouche bée.

« Comment tu sais ça ? »

Elle a souri.

« Jester a exactement le même souvenir.

– Quoi ?

– La vague, le père, le château de sable. Exactement le même. »

Je suis resté pensif quelques minutes.

« C'est peut-être un hasard, j'ai fini par dire. Peut-être que nos parents nous amenaient souvent à la plage, c'est des trucs assez fréquents, quand même.

– Tu crois vraiment ? a répondu Phyllis. Tu sais quoi ? Les plages de Californie ne sont plus accessibles au public depuis plus de trois siècles. C'est marqué noir sur blanc dans l'un de nos cours d'histoire. Les plages de Californie sont noires de pétrole et bourrées de déchets toxiques, à cause des attentats corporatistes[1].

– Où tu veux en venir ? j'ai demandé. Tu veux dire que j'ai inventé tout ça ? Tu veux dire que Jester et moi, on a inventé le même mensonge ?

– J'ai pas dit ça.

– Alors quoi ? »

Elle a eu un signe évasif.

« Tu te souviens quand on t'a amené ici ? »

J'ai froncé les sourcils.

« Ce qui s'est passé juste après la mort de tes parents ? a continué Phyllis. Entre le moment où ils sont morts et le moment où tu es arrivé sur Mars ?

– Pas vraiment, j'ai reconnu.

– Aucun de nous ne s'en souvient. Tu te rappelles Armistad ? »

---

1. ***Corporatistes*** : d'une corporation, c'est-à-dire d'un corps de métier regroupé pour défendre ses intérêts.

J'ai secoué la tête.

«Jester et Diana non plus.»

Je me suis tourné vers elle.

«Et toi ?»

Elle a cligné lentement des yeux.

«Moi, je me rappelle une machine. Je me souviens que nous étions tous ensemble, et que nous vivions tous ensemble, et qu'un jour une porte s'est ouverte. Il y avait une voix. La Voix. Notre mère.

– Phyllis, tu…

– Peut-être que je déraille, Arthur. L'avenir nous le dira.»

Je n'en peux plus de réfléchir. Il faut que je dorme.

Jour 10

Ce matin, on est restés dans nos chambres à travailler.

MG a passé tout son temps debout sur la véranda, à scruter les marais avec une paire de jumelles. Avec Phyllis, on avait hâte qu'elle s'en aille. Tant qu'elle était là, on ne pouvait pas faire grand-chose.

Vers midi, elle est montée dans une barque et elle s'est éloignée vers la terre ferme. Avant ça, elle nous a bouclés dans nos chambres. Précaution inutile, bien sûr : dès qu'elle a eu le dos tourné, on est sortis par les baies vitrées.

On s'est précipités sur la passerelle. Direction le fumoir et le cabanon.

Évidemment, la porte était toujours verrouillée.

On a frappé trois petits coups et on a entendu la voix de Diana.

«Arthur ? Phyllis ?»

Elle savait que c'était nous.

«Ça va ? on a demandé.

– Ça va. MG m'a laissé mon oiseau. Elle est partie ?

– Oui, mais on ne sait pas pour combien de temps.

– Faites-moi sortir d'ici !»

Phyllis et moi, on s'est regardés. *Faites-moi sortir d'ici ?* Elle en avait de bonnes, Diana. Faites-moi sortir d'ici, ça voulait dire qu'on se rebellait pour de bon. Ça voulait dire qu'on quittait le Bunker, qu'on fichait le camp de l'Éden. D'accord, mais après ? L'espace d'un instant, je nous ai vus arpentant la forêt, escaladant les parois du cratère, marchant dans le désert sous les tempêtes de sable, serrés les uns contre les autres, la gorge sèche, la peau tannée[1], rougie.

Je crois qu'on commençait doucement à réaliser.

Sans MG, nous n'étions rien.

Nous ne possédions ni véhicule ni vaisseau. Nous ne connaissions pas très bien la forêt, et pas du tout le monde extérieur. Nous n'étions que des enfants. Des reclus.

« Faites-moi sortir, faites-nous sortir ! » a répété Diana.

Qu'est-ce qu'on allait devenir ? Qu'est-ce qui allait se passer quand on allait grandir ? Est-ce qu'on allait rester toute notre vie ici, dans les marais ? Est-ce que les enfants normaux passaient leur vie dans un Bunker, est-ce qu'ils ne voyaient jamais d'autres enfants, est-ce qu'ils se cachaient chaque fois que des vaisseaux atterrissaient près de leur domaine ? Est-ce que les enfants normaux attendaient et attendaient encore sans savoir ce qu'ils attendaient, est-ce qu'ils restaient des enfants jusqu'à leur mort ?

« Il faut défoncer la porte, a dit Phyllis. Il n'y a pas d'autre moyen.

– Quoi ? »

Je l'ai regardée. Elle a ôté ses lunettes et a commencé à en mâchonner les branches en me jetant des coups d'œil soupçonneux. Apparemment, notre baiser n'était plus qu'un souvenir.

J'ai posé une main sur son épaule.

« Vous êtes toujours là ? a demandé Diana.

– Oui, oui, j'ai dit, attends : on réfléchit.

– Dépêchez-vous, a imploré Diana. Si MG revient… »

Au même moment, une puissante détonation a retenti au-dessus du marais.

1. ***Tannée*** : séchée et brunie par le grand air et le soleil.

Quelques oiseaux se sont envolés, puis un grand silence est retombé, comme un filet.

« Qu'est-ce que c'était ? a demandé Diana. Qu'est-ce que c'était ?

– Il faut rentrer, j'ai dit. On ne peut pas partir maintenant. »

Phyllis a remis ses lunettes.

« Hé ! a crié Diana derrière sa porte. Qu'est-ce qui se passe, pourquoi vous ne dites plus rien ?

– C'était un coup de shotgun, a répondu Phyllis. On doit rentrer. On va revenir, ne t'inquiète pas, on va revenir dès qu'on pourra.

– Attendez ! » a crié Diana derrière sa porte.

Mais on n'avait pas le choix, vraiment pas. On a couru sur la passerelle et on s'est séparés sur la terrasse.

« À tout à l'heure », m'a glissé Phyllis.

On a regagné nos chambres en vitesse. Je me suis installé devant mon naviborg et j'ai fait semblant de travailler.

Quelques minutes plus tard, mademoiselle Grâce est rentrée. Elle a monté quatre à quatre les marches de l'escalier et je l'ai entendue ouvrir la porte de Phyllis. Quelques paroles ont été échangées, puis ça a été mon tour.

« Tout va bien ? » m'a demandé MG.

J'ai hoché la tête, souriant.

Elle avait l'air épuisée. Le bas de son pantalon était tout sale.

« Qu'est-ce qui s'est passé ? j'ai demandé. J'ai entendu comme un coup de feu.

– J'ai tué un alligator. »

J'ai haussé les sourcils.

« Il… Je ne sais pas ce qu'il avait. Il a attaqué ma barque.

– Les alligators ne font jamais ça », j'ai dit.

Son expression a changé.

« Qu'est-ce que tu veux ? elle a aboyé.

– Quoi ?

– Qu'est-ce que tu veux, hein ? Sortir, quitter ton refuge ? Tu veux sortir et qu'ils te déchirent le ventre de leurs griffes noirâtres et qu'ils t'arrachent le cœur… Tu veux que les fantômes… les fantômes… tu veux qu'ils t'emmènent au loin et te rappellent qui tu es ? »

Je l'ai regardée, complètement éberlué. Mais de quoi elle parlait ?

Son visage s'est radouci d'un coup. Réellement, on avait l'impression qu'il y avait deux personnes en elle. Elle s'est avancée vers moi, assis sur mon fauteuil, et elle m'a serré très fort contre elle.

« Mon petit, elle a dit. Mon petit. »

Je ne savais vraiment pas quoi faire.

Je me souvenais de moments, quand on était petits, où MG avait été comme une mère pour nous. Elle s'occupait de nous tout le temps, elle nous racontait des histoires, elle nous chantait des chansons, elle nous parlait du passé, toujours du passé, combien elle avait été heureuse, autrefois.

Et puis nous avions grandi.

Les choses avaient changé.

Dehors, il y avait un autre monde. Au-delà du cratère. Au-delà des dunes.

Je me rappelle notre premier cours.

Le livreur annuel était passé avec son aéronef, nous devions avoir six ans, et MG nous avait demandé de rester dans l'observatoire, tout en haut, au troisième étage, de ne pas en bouger jusqu'à ce que l'homme soit reparti.

Nous avions obéi.

En repartant, le livreur avait levé son regard jusqu'à nous depuis la barque tandis que MG le ramenait vers le rivage, où s'était posé son petit vaisseau. Je ne sais pas s'il nous avait vus. Je voulais croire que c'était le cas.

Quand mademoiselle Grâce était rentrée, nous l'avions assaillie[1] de questions.

---

1. ***Assaillie*** : harcelée.

D'où venait cet homme ? Pourquoi n'avait-on pas le droit de lui parler ? Est-ce qu'il repasserait un jour ?

MG nous avait alors tous installés dans la bibliothèque et nous avait expliqué les choses à sa façon. Le monde était un endroit très vaste, et tout aussi dangereux. Les gens ne vivaient que pour gagner de l'argent. Plus ils en gagnaient, plus ils en voulaient. Les guerres venaient de ça. La pollution aussi. Savions-nous ce que la Terre était devenue ? Non, nous ne le savions pas : nous savions à peine ce qu'était la Terre. Nous savions juste que nous étions nés là-bas.

La Terre était devenue une planète morte.

Plus un centimètre carré de nature sauvage. Rien que de maigres parcs, rien que des mers artificielles, remplies de poissons crevés. Des guerres, des famines, des attentats. Et Mars ? Oh, Mars était encore un endroit agréable, mais cela ne durerait pas. L'argent des hommes achetait tout. Il achetait la pluie, il achetait le désert, il achetait le vent dans les arbres et les chants des oiseaux. Mais ici – le cratère, l'Éden –, ici, les hommes ne venaient pas.

L'endroit appartenait à Armistad. Avant de mourir, il le lui avait légué. Elle était sa veuve. Personne ne lui rendait visite parce qu'elle ne voulait voir personne. Comme son défunt mari, mademoiselle Grâce aimait la solitude, et nous devions la croire, cet endroit était le plus pur, le plus tranquille, le plus merveilleux qu'on pût imaginer, parce que l'argent des hommes ne pouvait rien contre lui : il n'était plus à vendre, personne n'achèterait jamais le cratère, c'était le paradis.

Oui, mais le reste du monde, les villes, les continents ?

MG nous avait regardés avec de grands yeux désolés.

Voulions-nous partir d'ici ? Voulions-nous explorer le vaste monde et voir comme les hommes étaient égoïstes, et méchants, et dénués d'amour[1] ? Voulions-nous connaître le bruit, les fumées des usines, les sanglots des femmes devant les casinos, les pleurs

1. ***Dénués d'amour*** : privés d'amour ou incapables d'en ressentir.

des enfants mal nourris ? Voulions-nous connaître les guerres, les faillites, les jugements, les jeux télévisés ? Ou bien voulions-nous lui faire confiance seulement une fois, et rester ici, au milieu des arbres et des oiseaux, à regarder les reflets du soir mourir sur les eaux calmes et grises ?

Nous ne savions trop que penser.

Phyllis avait dit qu'elle ne voulait pas quitter le cratère, mais qu'elle voulait apprendre des choses, qu'elle voulait savoir comment les gens vivaient ailleurs, sinon, elle ne comprendrait jamais quelle chance elle avait de demeurer ici.

Phyllis était déjà très maligne.

Mademoiselle Grâce ne lui avait pas répondu. Elle avait chargé des logiciels didactiques[1] sur son naviborg central, et elle avait dit que nous allions *apprendre*. Les cours étaient vieux, parfois incomplets, mais nous étions avides de savoir, et la moindre parcelle d'information nous était précieuse.

Oui, le monde était laid.

Oui, le monde était dangereux.

Mais c'était le monde dans lequel nous vivions et, tout au fond de nous, nous savions qu'il nous faudrait un jour partir à sa rencontre.

«Arthur ?»

J'ai relevé la tête vers mademoiselle Grâce.

Elle me caressait les cheveux, ses yeux étaient tout rouges. Elle avait l'air infiniment lasse.

«Ne me laissez pas, elle a murmuré. Ne me laissez jamais. Je n'ai que vous au monde, tu sais ? Et je ne veux que votre bonheur.»

Qu'est-ce que vous auriez fait à ma place ?

Je n'ai rien répondu.

MG a reniflé un grand coup et a passé sa main sur ma joue.

«Tu me promets ? Tu me promets ?»

J'ai essayé de sourire.

1. ***Didactiques*** : qui visent à instruire, qui enseignent.

« Ne va jamais dehors, Arthur. N'essaie jamais de quitter l'Éden. Dehors, il y a des ogres. Dehors, c'est le mal qui rôde. La peur. Tu ne sais pas, Arthur… »

Elle a reculé doucement, sans me quitter du regard.

Elle a refermé ma porte et j'ai entendu la clé jouer[1] dans la serrure.

L'après-midi promet d'être long.

***

Minuit passé.

Je ne sais plus quoi faire.

Après le dîner, je suis sorti sur la terrasse en faisant le moins de bruit possible, et je suis allé rejoindre Phyllis.

Elle était en train de réfléchir, assise dans sa chambre toute sombre.

J'ai cogné à sa fenêtre.

Elle m'a ouvert et elle m'a fait entrer.

« Et le voyant rouge de ta baie ? elle a chuchoté. Si MG ne dort pas…

– T'inquiète. Vu son état cet après-midi, je suis sûr qu'elle roupille. »

Je lui ai raconté comment ça s'était passé avec MG dans ma chambre, car on n'avait pas pu en parler avant. Elle n'a pas fait de commentaire.

« Phyllis, qu'est-ce qu'on fait, maintenant ? »

Pas de réponse.

« Plus rien n'est normal, j'ai insisté.

– Rien ne l'a jamais été, Arthur. On n'est pas comme les autres. On est…

– On est coincés ici. »

---

1. ***Jouer*** : ici, tourner.

Elle m'a regardé sans répondre.

«Tu as toujours le microdisk ? j'ai demandé.

– T'occupe pas du microdisk. Il est très bien là où il est.»

Un peu fatigué, je me suis laissé tomber sur son lit. Tu es bien mystérieuse, Phyllis. Un jour, tu poses tes lèvres sur les miennes. Le lendemain, c'est comme si on se connaissait à peine.

«Dis donc.

– Oui ?

– Pourquoi tu m'as embrassé, hier ?

– …

– Pourquoi tu m'as embrassé, Phyllis ?

– Je ne sais pas.

– Comment ça ?

– Je… Ce n'était pas vraiment moi.»

Je me suis redressé en me frottant les joues.

«T'es en orbite, ou quoi ?

– Écoute, on oublie ça, d'accord ? De toute façon, tu es amoureux de Diana.

– N'importe quoi.

– Pas n'importe quoi. Ça crève les yeux.

– Hé ? Hier, tu m'as embrassé. Tu as fait un nœud à tes cheveux, tu as mis du mauve sur tes lèvres et tu m'as fait voir tes yeux… comme ça, j'ai dit en posant mes mains sur les branches de ses lunettes pour les lui enlever.»

Elle a attrapé mes poignets.

«Arrête, elle a dit. Arrête, je ne suis pas *elle*.»

J'en suis resté sans voix.

«Je…

– Tu veux que je réponde à ta première question ? Il faut partir, Arthur. Il faut partir, maintenant. Même si c'est dangereux. Même si c'est défendu. On va tous mourir ici si on ne bouge pas.

– Mais tu crois que…

– MG est en train de devenir complètement folle. Elle sait qu'on est sortis de l'Éden, et plusieurs fois. Elle sait qu'on va recommencer. Elle patrouille. Elle cherche quelque chose, ou quelqu'un. Le coup de feu, qu'est-ce que tu crois que c'était ?

– Elle m'a dit qu'elle avait tiré sur un alligator. »

Phyllis a poussé un long soupir.

« Mais je l'ai pas crue, j'ai ajouté.

– Évidemment, que ce n'était pas un alligator. Elle est morte de trouille. T'as vu au repas ? T'as vu comme elle est bizarre ?

– Je sais. Je sais tout ça, je sais qu'il faut partir. Mais où tu veux aller ?

– Deimos II. Il faut quitter le cratère. »

Ah, bon sang. Je mourais d'envie de lui dire oui. Le problème, c'est que c'était plus compliqué que ça. Le problème, c'est que j'avais la trouille. Est-ce qu'on ne pouvait pas attendre un peu ? Que les choses se calment ? Et puis, laisser MG toute seule ici, qu'est-ce qu'elle avait fait pour mériter ça ? Sans compter qu'elle avait raison : dehors, c'était le danger, on n'avait pas d'armes ni rien, il y avait des alligators, et puis ces histoires d'ogres, oh ! c'était tellement embrouillé, et par-dessus le marché, on s'était embrassés hier, ça, j'en étais sûr, et maintenant elle jouait celle qui avait tout oublié, c'était vraiment…

« Arthur ! Arthur ! »

Mes pensées se sont arrêtées net.

« Quoi ?

– Retourne te coucher.

– Hein ?

– On en reparlera demain. »

Jour 11

Deux heures vingt-huit du matin.

Je me suis levé sans faire le moindre bruit.

Tout est noir.

Il vient de se passer une chose extraordinaire.

Un vaisseau a atterri dans le cratère.

***

Je me suis enfui.

J'ai quitté le Bunker.

Le soleil se lève très lentement, j'ai un peu froid, mais ça va.

Je tape ces lignes à la lueur d'une lampe torche. Je suis assis contre un arbre, dans la forêt.

J'ai pris mon naviborg avec moi. J'ai une centaine d'heures en réserve dans la batterie, ça devrait suffire. Une chance qu'il ne pleuve pas.

Bon, je vais déjà raconter comment j'en suis arrivé là.

Cette nuit, donc, un vaisseau a survolé le cratère. Le bruit m'a réveillé, je l'ai reconnu immédiatement, ça filait dans les airs, il n'y avait pas de doute possible. Je me suis levé aussitôt et j'ai soulevé doucement les lamelles de ma persienne[1]. Pas question

1. ***Persienne*** : volet composé de fines lamelles laissant passer la lumière.

de sortir, bien sûr : si, moi, je l'avais entendu, il était probable que je n'étais pas le seul.

Le bruit s'est adouci progressivement. Un genre de sifflement. L'appareil avait dû se poser quelque part sur les bords du cratère.

Incroyable.

Ce n'était pas le livreur, je savais que ce n'était pas lui, son vaisseau ne fait pas le même bruit, et puis il est déjà venu il y a moins de deux mois et il ne passe qu'une fois par an.

C'était quelqu'un d'autre.

Quelqu'un que MG n'attendait pas.

Quelqu'un dont, avec un peu de chance, nous allions bientôt faire la connaissance.

Le souffle court (sans même m'en rendre compte, j'avais retenu ma respiration), je suis retourné à mon lit et je suis resté assis, le dos contre le mur.

Un vaisseau.

Ça changeait tout.

Ça voulait dire quelqu'un, quelqu'un à qui parler. Quelqu'un qui pourrait comprendre, quelqu'un qui pourrait nous aider, quelqu'un qui (peut-être) pourrait nous emmener.

Je me suis mordu les lèvres. J'avais très envie d'aller en parler à Phyllis. Mais ce n'était certainement pas le moment. MG devait être debout, et dans tous ses états.

Oh, et puis tant pis !

Je me suis levé de nouveau.

J'ai appuyé sur le bouton d'ouverture.

Je me suis avancé sur la terrasse. La baie de Phyllis était fermée. Je me suis arrêté net. MG était dehors, debout devant sa chambre, une silhouette dans l'ombre. Je l'entendais parler. Marmonner, plutôt. Je l'entendais rire, et parler toute seule.

« Approche, approche, elle disait. Je saurai te recevoir. Qu'est-ce que tu viens faire ? Fouiller, farfouiller ? Remuer les cendres du passé ? Tu viens m'enlever les enfants, tu viens me prendre tout ce qui me reste, tu crois que c'est ma faute ? Tu crois que je n'ai pas assez de ma croix ? Oh, peu importe ce que tu penses, il faut vraiment que tu sois fou pour… »

Elle s'est tue. M'avait-elle vu ? J'ai reculé d'un pas.

Derrière moi, un chuintement[1] léger. Phyllis a ouvert sa baie, m'a tiré à l'intérieur, a refermé. Je n'y voyais pas grand-chose, elle était collée tout contre moi. MG marchait maintenant sur la terrasse. Nous avons retenu notre souffle.

« Tu ne les auras pas. Ils ne sont pas à vendre. La cuve nous appartient.

– Qu'est-ce qu'elle dit ? j'ai murmuré.

– Chhhut. »

L'ombre de MG est passée devant notre fenêtre.

Nous l'avons vue s'arrêter et regarder à l'intérieur. Nous étions morts de peur. Nous sommes tombés lentement à genoux. Est-ce qu'elle pouvait nous voir ?

Elle a continué son chemin.

Évidemment, je n'avais pas refermé ma baie. Oh non, non ! MG est restée un petit moment devant ma chambre, puis elle est revenue bien vite et elle a cogné à notre vitre.

Phyllis m'a fait signe de me cacher sous son lit. J'ai secoué la tête. Ce n'était pas à elle de se dénoncer. Mais elle n'avait pas l'air de vouloir discuter. Sans ménagement, elle m'a poussé vers le fond de sa chambre. Je me suis mis à quatre pattes, et je suis passé sous le lit. J'ai entendu Phyllis ouvrir la baie.

« Aïïïee ! »

MG était entrée.

« Espèce de petite peste ! Où est Arthur ?

– Je ne sais pas ! Lâchez-moi ! Vous me faites mal. »

MG respirait tellement fort que je l'entendais même de sous le lit.

Elle a allumé la lumière.

---

1. *Chuintement* : bruit sourd et indistinct.

« Parti ? Je te jure que si… Aaah, quelle horreur ! Tes maudites araignées.

– Désolée, mademoiselle Grâce.

– Tu l'as entendu, n'est-ce pas ?

– Écoutez, je ne passe pas mon temps à espionner les autres, il fait ce qu'il… Aïe ! »

Le bruit d'une gifle.

« Ne joue pas à la plus finaude. Tu sais très bien de quoi je parle.

– Je vous jure…

– Ne jure pas. Viens avec moi.

– Laissez-moi !

– Viens, et ne discute pas !

– Arrêtez. Vous me faites mal, je vous dis, arrêtez…

– C'est ça, crie, crie, ma belle. Un petit séjour dans le cabanon et tu vas réfléchir un peu. Allez, cesse de traîner des pieds.

– Mais je n'ai rien fait ! Je n'ai rien fait, je vous dis !

– Silence !

– Aïe ! »

Une nouvelle gifle.

Elles se sont éloignées sur la terrasse, et j'ai entendu leurs pas résonner sur la passerelle métallique, et les cris qu'elles poussaient : Phyllis ne se laissait pas faire, MG non plus. À un moment, elles se sont mises à hurler toutes les deux et à se traiter de tous les noms.

Vraiment, ce n'était plus mademoiselle Grâce. C'était quelqu'un qui nous voulait du mal. Quelqu'un qui voulait nous garder pour elle, et pour elle seule. Le paradis de notre enfance, il fallait l'oublier.

Je suis sorti de ma cachette. Je suis retourné dans ma chambre. À toute vitesse, j'ai enfilé des chaussures et un blouson, et mis quelques vêtements dans un sac à dos. J'ai aussi emporté une couverture, une lampe torche, mon naviborg, puis je suis ressorti sur la terrasse. Phyllis criait toujours, sans doute pour couvrir ma fuite. Je me suis mis à courir. Me suis arrêté côté façade. Le marais était tranquille, le ciel piqueté[1] d'étoiles. Les barques m'attendaient. J'ai laissé tomber mon sac sur le ponton et je suis descendu le long d'un pilier en bois. J'ai récupéré mon sac. Je n'avais rien à manger, à part quelques galettes dans la poche de mon blouson. J'étais encore en pyjama en dessous, et il ne faisait pas spécialement chaud.

J'ai détaché une barque et j'ai pris le large. Je tenais ma lampe torche coincée entre mes cuisses pour essayer d'y voir plus clair. Je ramais aussi vite que possible. Les alligators glissaient à mes côtés. Je les avais sans doute réveillés. Je ne voulais plus rester dans cet endroit. Je savais comment ça allait se terminer : MG allait nous enfermer tous, et nous garder avec elle jusqu'à la fin de ses jours. Elle allait nous étouffer. Elle allait nous protéger tellement qu'elle nous étoufferait. Son amour allait nous tuer, nous faire disparaître sous terre. L'Éden, c'était un autre nom pour le paradis, mais est-ce qu'on avait envie de vivre au paradis ? Est-ce qu'on avait envie d'y rester éternellement, et avec elle, et de ne jamais voir personne d'autre ?

J'étais triste, bien sûr, et j'avais peur, et ça n'a pas changé : j'ai toujours peur tandis que j'écris ces lignes, parce que je ne sais vraiment pas ce qui va se passer maintenant, je suis sûr que MG est déjà à ma recherche, et elle me tuera si elle me trouve. Mais est-ce que j'ai vraiment le choix ? Phyllis avait raison. Nous sommes prisonniers du paradis.

Mais où j'en étais ?

Donc, j'ai ramé comme un malade, tellement vite que je me suis fait des ampoules. Je n'en pouvais plus, j'étais en sueur. J'ai essayé d'accoster[2] dans un endroit un peu à l'écart. Je suis descendu, j'ai tiré la barque bien à l'abri et je me suis assis sur une souche pour réfléchir. Une autre idée m'est venue.

1. ***Piqueté*** : tacheté.
2. ***Accoster*** : placer son embarcation le long de la terre ferme.

J'ai repris la barque et je l'ai poussée, vide, vers le milieu du marais. J'avais de l'eau jusqu'aux hanches – elle était vraiment glacée – et j'avais la trouille des alligators mais, sur le coup, ça me semblait une excellente initiative, une des meilleures que j'aie jamais eues. MG croirait probablement que je m'étais noyé. Ça lui ferait perdre pas mal de temps.

Je suis revenu sur le rivage, je me suis assis dans un coin, sous un arbre, et je me suis mis à réfléchir en fermant les yeux.

Peu à peu, j'ai réalisé avec angoisse que je ne pourrais plus revenir au Bunker. Comment délivrer Phyllis et les autres, maintenant ? Soudain, cette idée géniale que j'avais eue m'est apparue comme une idiotie pas possible. J'ai regardé la barque. Elle dérivait mollement, mais elle était déjà loin. Il y avait ces fichus alligators. Est-ce que j'avais le choix ?

« Merde. »

J'ai juré à voix haute, et je me suis déshabillé.

Je suis rentré dans l'eau et je me suis mis à nager.

Moi et les autres, on savait tous se débrouiller à peu près dans l'eau ; quand on était petits, MG nous avait appris, dans un grand enclos qu'elle avait installé elle-même au pied du ponton. Je n'avais qu'à me laisser aller. À la différence que, cette fois, il n'y avait pas d'enclos. Les alligators étaient en liberté.

L'eau était gelée. Je me suis retourné, et j'ai vu avec horreur une forme oblongue[1] glisser vers moi. Un alligator ! C'était un petit, mais il était suffisamment costaud pour m'arracher un membre. Ces monstres, ils vous chopent par une jambe, et soit ils se contentent de votre jambe, soit ils vous entraînent vers le fond, en tournant sur eux-mêmes pour vous noyer et tout, et quand vous êtes bien KO, ils commencent à vous dévorer. J'ai déjà vu ça dans un vieux film.

La panique a commencé à me gagner. C'est jamais bon, la panique. Je me suis mis à nager plus vite, mais mes poumons me

1. ***Oblongue*** : allongée.

brûlaient et j'avais l'impression que l'alligator accélérait. Je me suis mis à crier. J'ai battu des jambes en essayant de faire un maximum de bruit. Ça n'a pas eu le moindre effet. L'alligator était vraiment très rapide, beaucoup plus rapide que moi. Je me suis retourné pour le regarder arriver, et puis j'ai regardé la barque et j'ai compris que je ne l'atteindrais jamais à temps. J'ai réalisé combien j'avais été stupide de tenter un truc pareil. J'avais mal évalué la distance : une simple petite erreur d'appréciation, qui allait me coûter très cher.

L'alligator s'est rapproché en faisant claquer ses mâchoires. Sa queue s'agitait en tous sens, et il allait de plus en plus vite. J'allais mourir. À quoi bon lutter ? Je me suis arrêté de nager, et j'ai regardé la bête foncer sur moi. Sa gueule s'ouvrait et se refermait. Ses dents luisaient dans la pénombre. Dans quelques instants, elles allaient me déchiqueter. Est-ce que je pouvais imaginer une douleur pareille ? Bon sang, ses petits yeux avides[1] ! Et ses mâchoires ! Clac ! Clac ! Clac !

Je me suis réveillé en tombant à la renverse.

Un rêve ! Clac ! Clac ! Clac ! J'avais claqué des dents pendant mon sommeil.

Sur le coup, j'ai été drôlement content d'être encore en vie. Je me suis mis debout et je me suis frictionné pour essayer de me réchauffer. Ma situation n'était pas extrêmement brillante. Je n'avais plus de barque. J'étais seul, en lisière de forêt, sans nourriture et sans carte. Et puis il faisait drôlement froid.

J'ai ouvert mon sac, j'ai enlevé mon blouson et j'ai commencé à me déshabiller pour enfiler mes autres vêtements. Je vous jure, quel cauchemar ! J'ai jeté un coup d'œil au marais. Pas l'ombre d'un alligator à la surface. J'ai rangé mon pyjama et, lampe torche en main, je me suis éloigné.

1. ***Avides*** : qui montrent de l'impatience à assouvir leur désir (ici, dévorer leur victime).

L'idée était de mettre le plus de distance possible entre MG et moi. À présent, il était trop tard pour reculer. Mon plan était le suivant : retrouver le vaisseau spatial et attirer l'attention de son (ou de ses) occupant(s). Un truc très simple, donc. Mais ce n'était pas la peine de faire ça de nuit. Malgré ma lampe, je n'y voyais pas grand-chose. Dès qu'il fera jour, j'essayerai de grimper à un arbre et d'évaluer la situation.

J'ai marché entre les ronces et les racines, jusqu'au moment où le grillage s'est dressé devant moi. Apparemment, il était toujours sous tension : il émettait une sorte de ronronnement doux. De toute façon, je n'allais certainement pas vérifier.

J'ai trouvé un coin au pied d'un arbre, avec un buisson qui faisait comme une petite cachette. Je me suis glissé là-dedans, avec mon sac et tout, j'ai déplié ma couverture et je me suis enroulé dedans. Il devait être quatre heures du matin.

Je me suis endormi presque aussitôt.

Je me suis réveillé il y a une heure environ.

J'ai allumé mon naviborg et j'ai commencé à taper ces lignes. C'est marrant, d'écrire comme ça en pleine forêt, avec l'écran holographique, les arbres en transparence et la douce lumière de l'aube. Des oiseaux chantent. Le jour va se lever. J'ai l'impression de me retrouver dans un décor de conte de fées. Un drôle de conte de fées lugubre[1] ! La terre est pleine de petits animaux. Je suis encore un peu fatigué, mais j'essaie de ne pas y penser. Dans quelques instants, je vais quitter l'Éden.

***

Neuf heures du soir à la montre de Sandoval.

Qui est Sandoval ? Vous le saurez dans quelques pages.

Il s'est passé tellement de trucs aujourd'hui que j'ai l'impression d'être parti du Bunker il y a des années. Le mieux, c'est sans

1. ***Lugubre*** : triste, sinistre.

doute que je continue de raconter les choses dans l'ordre. Et je vais en avoir pour longtemps !

Après avoir écrit mon texte, je me suis relevé, j'ai mis mon sac sur mes épaules et j'ai longé la clôture à la recherche du passage. Je l'ai retrouvé sans problème. Toujours le bourdonnement. Avec précaution, je me suis faufilé de l'autre côté. Tout de suite, je suis tombé presque nez à nez avec une masse énorme allongée par terre. Je suis resté un moment immobile mais, comme ça n'avait pas l'air de bouger, je me suis approché.

C'était… Comment *décrire ça* ? Ça avait la peau bleutée, mais d'un bleu très foncé, presque noir, avec des marbrures. C'était entièrement nu. Sans sexe. Des traits grossiers. Ça ne respirait plus, mais ça ne dégageait aucune odeur. J'ai repensé aux paroles de Diana, et à celles de MG, ne pas aller dehors, ne jamais essayer de quitter l'Éden, le Mal qui rôde…

Les ogres existaient donc vraiment ?

En tout cas, celui-ci était mort. Le cœur battant, je l'ai tiré doucement par l'épaule. Il a basculé d'un coup sur le dos. Il avait un trou dans la poitrine, juste au niveau du cœur, mais pas la moindre trace de sang. Ce devait être sur lui que MG avait fait feu, hier. Elle savait qu'il y avait des ogres dans la forêt. Elle avait trouvé celui-là, et elle l'avait tué. Mais d'où venait ce monstre ? Y en avait-il d'autres comme lui ?

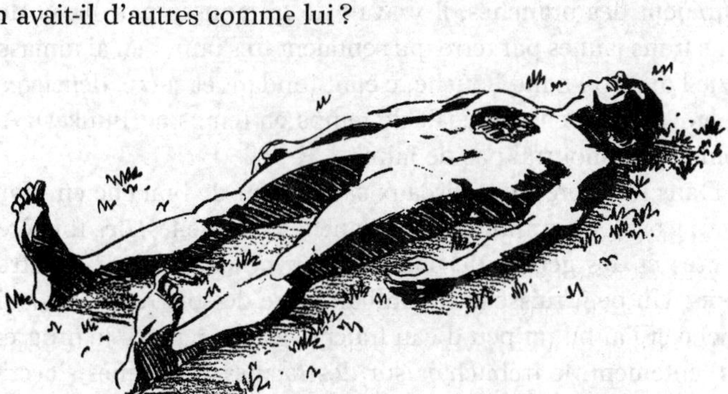

La tête pleine de questions, j'ai fait un pas en avant… et j'ai failli perdre l'équilibre. Quelqu'un avait creusé un trou. J'ai écarté les feuilles au sol. Des branches croisées, un faux buisson. Ce n'était pas juste un trou. C'était un piège : un piège tout frais, assez profond pour qu'on se fasse bien mal.

Immédiatement, j'ai pensé à MG. Elle avait découvert notre passage. Elle l'avait découvert, et elle avait dû creuser ce piège hier après-midi, après avoir tué l'ogre, pour empêcher ces monstres d'entrer. Au cas où ils auraient essayé de se glisser par le trou dans le grillage ?

Sans réfléchir, je me suis enfoncé dans la forêt.

Je me suis dirigé *grosso modo* vers le nord-ouest. Je vous explique. De ma chambre, orientée au nord, on voyait une sorte de colline sur la gauche : c'était un endroit où il y avait eu un éboulement, il y a très longtemps ; le bord du cratère s'était un peu effondré et cela avait créé une sorte de promontoire. J'avais toujours pensé que c'était le meilleur poste d'observation. Le point de vue idéal pour observer le cratère et, qui sait, dénicher le vaisseau. Je me suis donc lancé au petit bonheur la chance.

Au bout d'un quart d'heure, j'ai réalisé que je n'étais jamais allé aussi loin. La forêt était profonde, magnifique. Des lianes tombaient des branches, il y avait de la mousse partout et des petits fruits jaunes par terre qui sentaient très bon. J'en ai ramassé un, je l'ai porté à ma bouche, c'était fondant et sucré, délicieux : une goyave (on en mangeait de temps en temps au Bunker). Au moins, je ne mourrai pas de faim.

Dans les arbres, des oiseaux sautillaient de branche en branche. Il y avait de grandes fleurs blanches, très belles, des fougères géantes et des genres de palmiers qui poussaient sur d'autres arbres. Un petit ruisseau se faufilait entre des pierres. Je me suis penché et j'ai bu un peu d'eau fraîche. Je suis reparti. Je progressais lentement. Je trébuchais sur des racines, des lianes s'accrochaient à mes chevilles comme pour me retenir.

Le soleil brillait déjà bien haut dans le ciel quand je me suis arrêté. Le Bunker était loin derrière moi, et je ne me sentais pas très rassuré. Les autres me manquaient. Je n'arrivais pas à croire que j'étais parti. Finalement, j'étais seul. Tout le monde devait être mort d'inquiétude.

J'ai continué à marcher. Ça commençait à monter. Au moins, j'étais sur la bonne voie. Je me suis arrêté près d'un rocher pour manger encore quelques goyaves.

Et puis j'ai entendu ce grognement. Une plainte rauque, menaçante. Je ne savais pas quel animal pouvait faire ça. Je ne savais même pas s'il y avait des animaux dans cette forêt. Des oiseaux, oui. Des petits rongeurs, des insectes, certainement. *Mais un truc qui grogne ?*

Doucement, je me suis levé et je me suis accroupi derrière mon rocher.

Le grognement se rapprochait.

Des bruits de pas sur le sol. Boum. Boum.

Ça s'arrêtait et puis ça reprenait.

Je me suis tapi un peu plus.

Un ogre énorme est apparu entre les arbres et s'est avancé droit dans ma direction. Il était tout bleu, entièrement nu, avec rien entre les jambes. Il s'est immobilisé un instant et a frappé sa poitrine de ses gros poings serrés.

J'étais certain qu'il m'avait vu. Je me suis levé d'un bond et je me suis mis à courir. L'ogre a marqué un temps d'arrêt, puis s'est lancé à ma poursuite. Je filais entre les troncs d'arbre, sautant par-dessus les branches mortes. Qu'est-ce qui m'avait pris ? Je ne savais pas du tout où j'allais. J'ai jeté un coup d'œil par-dessus mon épaule. L'ogre ne courait pas réellement, il se contentait de marcher à grandes enjambées, il grognait toujours. À première vue, il était plus grand encore que celui que j'avais vu près du grillage.

J'ai continué à courir, mais mon sac était vraiment très lourd, et je n'avais pas fait deux cents mètres que j'étais déjà à bout de souffle. L'ogre, lui, ne semblait pas le moins du monde fatigué.

Il enjambait sans problème les troncs d'arbre, il écartait les branchages comme s'il s'était agi de simples roseaux – il gagnait du terrain.

Je ne savais plus où aller. Je me suis arrêté une demi-seconde pour reprendre ma respiration et trouver une issue, mais je savais que c'était foutu. J'ai sauté par-dessus un fossé, j'ai failli me casser la figure, je suis reparti de plus belle. Et puis, en dévalant un talus, mon pied s'est coincé dans une fichue racine et je me suis étalé de tout mon long.

J'ai essayé de me redresser. Trop tard : l'ogre était déjà là. Je me suis mis à hurler. Une main énorme s'est posée sur mon dos et je me suis senti soulevé de terre comme une vulgaire marchandise. J'étais absolument certain que le monstre allait me dévorer. Mais il n'en a rien fait. Il m'a simplement jeté sur son épaule, s'est baissé pour ramasser mon sac et s'est mis tranquillement en route.

« Lâche-moi ! je hurlais. AU SECOURS ! »

Je lui tapais dessus, je me tortillais comme un ver, en pure perte, évidemment. Il ne m'écoutait pas du tout. En fait, il semblait même avoir oublié mon existence. Il avançait dans la forêt. Je ne savais pas du tout où il m'emmenait. Peut-être dans son repaire ? J'étais mort de peur, comme vous pouvez imaginer. Plusieurs fois, j'ai essayé de me dégager de son étreinte[1] (sa grosse main bleue et calleuse[2], qui me maintenait sur son épaule), mais il était beaucoup trop fort pour moi. Devant mes yeux, les arbres défilaient, mes mains tendues frôlaient des lianes. On dévalait des pentes, on enjambait des fossés. Le temps passait. Je découvrais la forêt : immense, profonde, des odeurs par milliers, des rayons de lumière.

L'ogre semblait connaître son chemin. Depuis combien de temps y avait-il des ogres dans le cratère ? Combien étaient-ils ?

---

1. ***Étreinte*** : fait de serrer fermement quelqu'un dans ses bras.
2. ***Calleuse*** : qui n'est pas douce au toucher (à cause de cals, qui sont de petites bosses dures sur la peau provoquées par des frottements répétitifs).

Depuis le temps que MG nous en parlait ! Et dire qu'on avait cru que c'étaient des contes ! Bienvenue dans la réalité, les enfants ! Cela dit, il y avait encore plein de trucs que je ne comprenais pas. C'était comme un foutu grand puzzle dont il aurait manqué la moitié des pièces.

Le temps passe plus vite quand on réfléchit. J'avais fini par m'habituer à ma position.

Et puis l'ogre s'est arrêté.

Il a poussé une sorte de grognement, m'a soulevé de son épaule et m'a posé délicatement par terre. Sa main s'est refermée sur mon blouson. J'étais debout, mais pas moyen de partir. De toute façon, il m'aurait rattrapé.

Je me trouvais au pied de la grande pyramide !

Je ne vous dis pas la surprise. Les yeux écarquillés et la mâchoire tombante. Elle était énorme, monumentale. Huit degrés[1] de pierre grise et moussue… elle devait bien faire dans les trente mètres de haut. Quand on était dans le Bunker, on n'en voyait que le sommet, qui dominait la forêt. Elle paraissait immense, inaccessible.

1. ***Degrés*** : marches.

Et, à présent, je la voyais pour de vrai : trônant au centre de sa clairière, avec des arbres tout autour comme des soldats en attente. Il y avait des herbes hautes, des buissons, un peu de sable. Il y avait des traces de pas, énormes. Et pas seulement celles de mon ravisseur.

L'ogre s'est remis à grogner, beaucoup plus fort cette fois. Ça ressemblait à un appel. On s'est avancés au pied de la pyramide. Le premier degré nous surplombait de toute sa hauteur. L'ogre s'est adossé à la pierre et s'est laissé glisser sur le sol de terre battue. Il a croisé ses jambes en tailleur et m'a installé à l'intérieur. Ses genoux m'arrivaient au menton. Apparemment, on attendait quelque chose.

J'ai cligné des yeux dans la lumière.

Il devait être midi passé.

L'ogre me caressait doucement la tête, comme si j'avais été son petit ou je ne sais quoi. C'était complètement dingue. Tellement irréel que je n'avais même plus la trouille.

Et puis, soudain, d'autres ogres sont arrivés.

Ils étaient deux, sensiblement de la même taille. À les regarder, on aurait dit qu'ils étaient juste en train de se balader. Mais quand ils nous ont vus, ils ont pointé un doigt dans notre direction et se sont mis à courir lourdement. Ils ressemblaient pas mal au mien. Une grosse tête difforme et chauve, de longs bras noueux, une peau bleu nuit. Et rien entre les jambes : ni mâle ni femelle.

Mon ogre s'est levé, m'a pris dans ses bras.

Les autres se sont approchés.

Ils ont commencé à grogner. Je ne comprenais rien. Ils étaient en train de discuter. De moi, sans aucun doute. C'était assez effrayant.

L'un des nouveaux venus a avancé une main dans ma direction.

Je me suis recroquevillé[1]. Mon ogre a poussé un grognement de colère. L'autre s'est reculé, un peu surpris.

---

1. ***Recroquevillé*** : replié sur moi-même.

Après un moment, les monstres ont eu l'air de tomber d'accord. Ils se sont mis à hurler tous les trois en même temps. Je dis «hurler» parce que ça n'avait plus rien à voir avec des grognements. Ils avaient la tête renversée, leur poitrine se soulevait, leur plainte montait jusqu'au ciel.

Comme s'ils appelaient quelqu'un.

Ils ont recommencé deux ou trois fois, dans le silence de la forêt, et puis… Et puis il s'est passé quelque chose qu'apparemment ils n'avaient pas du tout prévu.

Un homme est sorti de la forêt.

Un homme aux cheveux blonds mi-longs, avec un énorme sac à dos et un sniper[1].

Vous parlez d'un choc ! À part MG, c'était le premier adulte que je rencontrais de toute ma vie, si on exceptait les types qui venaient nous livrer une fois par an : sauf que, pour eux, on était obligés de se cacher pour les voir, tandis que lui s'avançait vers moi, tranquille et décidé. Pour le coup, les ogres semblaient vraiment aussi surpris que moi.

«Lâchez l'enfant !» a dit l'homme en pointant son arme dans leur direction.

Les ogres se sont regardés sans comprendre. Ils n'ont pas bougé.

L'homme a tiré un coup en l'air. Des oiseaux se sont envolés, et les deux ogres qui se tenaient à côté du mien ont commencé à s'écarter en trottinant.

L'homme a fait quelques pas en avant.

«Lâche-le», il a répété.

Mon ravisseur était pétrifié.

L'homme a épaulé son sniper. C'était un modèle bien plus moderne que le shotgun de MG.

«Pour la dernière fois… »

---

1. ***Sniper*** : fusil permettant des tirs de précision, utilisé par des tireurs d'élite.

Il s'est avancé encore et a visé tranquillement. Mon ogre s'est mis à grogner. Ses deux congénères[1] avaient disparu à couvert, et il commençait visiblement à paniquer.

« Laisse-moi partir… » j'ai chuchoté.

L'ogre a poussé un hurlement de détresse. Il m'a serré un peu plus fort contre lui.

Et l'homme a tiré.

Touché à la tête, mon ravisseur est tombé en arrière, en me serrant toujours.

Le choc a été rude.

J'ai senti la terre vibrer. Dans un dernier réflexe, l'ogre a essayé de me protéger. Il m'a ramené contre lui, et sa masse énorme a amorti ma chute. Puis j'ai senti ses muscles se détendre. Le tireur s'est précipité vers moi. Il s'est agenouillé, a ôté le bras de l'ogre qui me gardait prisonnier et m'a aidé à me redresser.

« Ça va ? »

J'ai fait signe que oui.

Il m'a tendu la main.

« Je m'appelle Sandoval.

– Arthur. Je… Merci de m'avoir… enfin… »

Nous avons baissé les yeux sur le cadavre de l'ogre. Il avait un trou en plein milieu du front. Mais pas la moindre trace de sang.

« Tu habites… dans le coin ? »

J'ai fait signe que oui.

« La maison au milieu des marais ? »

Nouveau hochement de tête.

« Tu as peur de moi ?

– Oui. Non.

– Tu n'as aucune raison de me craindre. Je travaille pour la police secrète du CEM. Tu connais ? »

J'ai haussé les épaules.

1. ***Deux congénères*** : deux êtres de la même espèce que lui.

«Tu n'en as pas l'air. Ce sont les initiales de Comité d'éthique mondial. Maintenant, dis-moi, mon garçon, qu'est-ce qui s'est passé, avec cet ogre ?»

J'ai commencé à lui expliquer, sans rentrer dans les détails. Je lui ai dit que je m'étais perdu en forêt et que l'ogre m'avait couru après, et attrapé, et amené ici.

Il s'est retourné, a regardé autour de lui.

«Les autres ont disparu.

– Vous… Vous êtes arrivé en vaisseau ? j'ai demandé. Cette nuit ?

– Exact. Tu m'as entendu ?

– Je crois.»

Il s'est agenouillé auprès de l'ogre et a plongé son doigt dans le trou de son front.

«Beurk ! j'ai fait.

– Ce n'est qu'une machine, a dit Sandoval. Un androbot.

– Un quoi ?

– Tu ne le savais pas ? Tiens, approche.»

Je me suis accroupi à ses côtés. Il a tiré un couteau de sa ceinture et a creusé une entaille dans le front de l'ogre. Je me suis penché pour regarder. C'était rien que des circuits et des trucs en plastique et en fer.

«Ça alors !

– C'est la première fois que tu vois un androbot ? a demandé Sandoval en se redressant.

– Non. Enfin, si.

– C'est une sacrée machinerie, ces bestiaux. Les meilleurs ogres de synthèse du marché. Le seul problème, c'est qu'ils sont à peu près aussi intelligents que des cochons sauvages. Allez, en route.»

Il a ramassé mon sac et s'est dirigé vers la forêt, le sniper à son côté. Je me suis mis à le suivre.

«Monsieur Sandoval !»

Il s'est retourné vers moi, un sourire aux lèvres.

« Le "monsieur" n'est pas indispensable.

– D'accord, j'ai dit en m'avançant à ses côtés, je vais essayer. Je voudrais savoir… Pourquoi vous êtes ici ? »

Nous sommes entrés dans la forêt. Sandoval a sorti une boussole de la poche de son sac à dos et a déplié une carte. C'était une carte du cratère assez détaillée, avec le lac Noir, les marais, la pyramide, le promontoire et même notre Bunker.

« Au moins deux heures de route », il a déclaré.

Il s'est remis en marche.

« Vous êtes venu…

– … pour rencontrer Erwin Armistad, il a répondu. C'est ton père ?

– C'est pas mon père, j'ai répondu. Et Armistad est mort. »

Il a pilé et m'a regardé en plissant les yeux.

« Mort ? Depuis quand ?

– Pfff… Plus de dix ans.

– Quoi ? »

Il s'est baissé à ma hauteur et m'a pris par les épaules.

« Qui sont tes parents, Arthur ?

– Ils sont morts aussi, j'ai dit. »

Il s'est mordu les lèvres.

Ça avait l'air de le contrarier beaucoup.

« Tu les as connus ?

– Pas trop. J'avais deux ans quand ils sont morts. »

Sandoval s'est redressé en se grattant la tête. Il s'est mis à me poser plein de questions. Il m'a demandé si j'avais des photos de mes parents, s'il y avait d'autres enfants dans la maison où j'habitais et s'ils avaient connu leurs parents, eux aussi. Il m'a demandé avec qui nous vivions. Je lui ai parlé du Bunker, et de mademoiselle Grâce, évidemment : j'avais l'impression que je devais le faire.

« Mademoiselle Grâce ? Pourquoi pas "madame" ?

– Je ne sais pas, j'ai dit. Ça a toujours été "mademoiselle". »

De fil en aiguille, sans vraiment m'en rendre compte, j'ai commencé à lui raconter ma vie. Phyllis, Jester, Diana. Le cabanon, les devoirs, les alligators. Il m'écoutait en hochant la tête. Nous nous sommes assis sur une branche morte, il a installé son gros sac dans les fougères, avec le sniper à portée de main. Mon histoire, on avait l'impression que c'était le truc le plus intéressant qu'il avait jamais entendu.

Quand j'ai eu terminé, il s'est frotté vigoureusement les joues et il a consulté sa montre. Puis il m'a regardé comme personne ne m'avait jamais regardé. On aurait dit qu'il essayait de lire dans mes pensées.

« Pourquoi vous me regardez comme ça ? » je me suis inquiété.

Il n'a rien répondu. Il est resté encore un long moment à me fixer, puis il s'est levé d'un coup, a ramassé toutes ses affaires et m'a pris par la main.

« Où on va ? »

On faisait demi-tour. On revenait à la pyramide.

« Dites, mais qu'est-ce qui se passe ? »

De nouveau, on était à découvert.

Au pied de la pyramide, le cadavre de l'ogre était toujours à sa place, ses deux congénères penchés sur lui. Est-ce que c'était vraiment un cadavre, d'ailleurs, ou juste une machine hors service ? En tout cas, les autres lui caressaient doucement le front. Quand ils nous ont vus, ils ont redressé la tête et se sont mollement éloignés.

« Ils ont peur de nous ? j'ai demandé.

– Je ne suis pas sûr qu'ils connaissent la peur, a répondu Sandoval. Mais ils ont une mémoire. »

On a continué à marcher, on a contourné la pyramide et on est arrivés en face, du côté principal. Il y avait un escalier qui montait, en plein milieu. Avec un temple tout en haut.

On a commencé à gravir les marches. Arrivés au sommet, on s'est retournés. On dominait tout le cratère. L'Éden, le lac Noir, les falaises. Ça paraissait à la fois immense et… je ne sais pas comment expliquer… *connu* ?

Sandoval m'a serré la main.

«Je ne sais pas si ce que je fais est bien», il a dit.

On s'est avancés vers l'entrée du temple.

«Tu es déjà venu ici ?

– Non.

– Tu es sûr ?»

J'ai fermé les yeux un moment.

«Ça ne me dit rien», j'ai soupiré.

Pourtant…

Pourtant, j'avais comme une étrange impression. Je ne pouvais pas dire que j'étais déjà venu ici, non, et cependant… quelque chose dans cet endroit m'était terriblement familier. Le film ? Le film sur le microdisk trouvé par Jester ?

On a fait quelques pas. Sandoval a pointé une lampe torche dans l'obscurité.

C'était un petit couloir humide et sombre, qui donnait sur un autre couloir.

«Il faut aller à gauche», a dit Sandoval.

Sa voix a résonné dans les ténèbres.

«Comment vous le savez ?» j'ai chuchoté.

Il n'a pas répondu. On a marché encore un peu, et puis stop : il y avait une ouverture creusée dans la roche. Une porte métallique coulissante, bloquée par un genre de fauteuil défoncé. Sandoval a braqué le faisceau de sa lampe à l'intérieur. On a regardé sans dire un mot. Quelque chose remontait le long de mon œsophage. Je ne me sentais pas très bien. Sandoval me tenait toujours la main.

«Ça va ?»

J'ai fait signe que bof.

Je ne savais pas ce qui se passait. J'étais tout simplement hypnotisé.

L'intérieur…

C'était incroyable.

Imaginez une sorte de longue cuve métallique bourrée d'appareils compliqués : des tubes, des tuyaux, des passerelles, sur une vingtaine de mètres au moins. Des sortes de petites niches, avec des vitres en Plexiglas. Des écrans éteints, des naviborgs défoncés, des jouets en plastique. Des fils électriques, des projecteurs, tout un capharnaüm[1] d'accessoires. Ça sentait la moisissure, les excréments, et d'autres odeurs aussi, des parfums écœurants de nourriture en boîte, de lait concentré. Je me tenais debout dans l'entrée, la lampe torche de Sandoval promenant une grosse tache blanche sur toutes ces choses oubliées, et je commençais à ressentir une sorte de malaise indéfinissable. Des images très brèves me traversaient l'esprit.

Je connaissais cet endroit.

«Arthur ?»

Je me suis retourné, les larmes aux yeux.

«Arthur, ça va ?

– Je… Je ne sais pas trop, j'ai balbutié. Je voudrais sortir.»

Au même moment, on a entendu une sorte de chuchotement de l'autre côté du tunnel.

«*Arthur.*»

Cette voix ! *La Voix* ! Sandoval a braqué sa lampe dans la direction présumée : rien. On a entendu quelqu'un s'éloigner – un chuchotement, des grincements métalliques.

«Qui est là ?» a demandé Sandoval.

Pas de réponse.

«Qui est là ? Répondez !»

Il a armé son sniper, mais ne m'a pas lâché la main.

«Je… je veux… sortir», j'ai murmuré.

Il a hésité un instant.

«Je vous en prie.»

Je ne savais plus où j'en étais. La fatigue, la confusion, cette cuve avec tous ces appareils, et puis la Voix, la Voix dans les ténèbres qui avait dit mon nom, pour la première fois : tout ça commençait à faire beaucoup.

---

1. ***Capharnaüm*** : désordre proche du chaos.

Sandoval a fixé sa lampe sur son sniper, et on a fait demi-tour. De temps à autre, brusquement, il se retournait pour vérifier qu'on n'était pas suivis, mais le mystérieux habitant de la pyramide avait cessé de se manifester.

Une fois sortis à l'air libre, on s'est sentis un peu mieux.

On a descendu les marches du grand escalier, en se retournant toutes les deux secondes.

« Ça va, répétait Sandoval, ça va… Tout va bien. Arthur, c'est très important : y a-t-il d'autres habitants ici à part mademoiselle Grâce et les enfants ?

– N… Non.

– Mademoiselle Grâce ne t'a jamais rien dit à ce sujet ? »

J'ai haussé les épaules, penaud[1]. S'il voulait vraiment savoir, je ne connaissais pas très bien mademoiselle Grâce. J'avais cru la connaître quand j'étais petit. J'avais cru qu'elle serait comme une mère pour nous, qu'elle pourrait tout nous dire, toujours. À présent, je n'étais plus sûr du tout. Est-ce que je devais parler de la Voix ?

« Sandoval ?

– Oui ?

– Ce truc qu'on a vu dans la pyramide, c'était quoi ?

– Je ne sais pas, il a reconnu.

– Pourtant… C'est bien pour ça que vous êtes là, non ? »

Arrivé en bas, il a posé une main sur mon épaule.

« C'est assez compliqué, il a dit.

– Vous ne voulez pas m'en parler ?

– Je… Je suis désolé. C'était une idée stupide. J'ai cru… Enfin, je n'aurais pas dû t'emmener là-haut. »

J'aurais bien voulu répondre quelque chose, mais rien ne me venait à l'esprit.

Sandoval a commencé à me raconter qu'il était venu ici pour faire une enquête sur Armistad, parce que ce dernier avait fait des

1. ***Penaud*** : confus, légèrement honteux.

choses interdites sur Terre, des choses graves, si graves même qu'il ne pouvait pas m'expliquer, de toute façon, c'était vraiment trop compliqué, je pouvais le croire. À présent, il fallait qu'il aille trouver mademoiselle Grâce, elle était la seule à pouvoir répondre à ses questions. Est-ce que j'étais d'accord pour faire un petit bout de chemin avec lui ? Ça ne voulait pas dire que je devais retourner vivre avec elle, je n'avais pas à m'inquiéter pour ça, mais est-ce que les autres ne me manquaient pas ?

« Si, j'ai dit en sentant les larmes me monter aux yeux. Si, bien sûr qu'ils me manquent. »

On s'est donc mis d'accord. En route, et direction le Bunker. Sandoval irait parler à mademoiselle Grâce. Et si je ne voulais pas retourner avec elle, eh bien, rien ne m'y obligeait. On trouverait bien une solution. D'accord ?

« D'accord. »

On est partis sans se retourner.

J'étais encore tout tremblant de ce qui venait de nous arriver, et de sombres pensées me trottaient dans la tête. Sandoval devait le sentir, parce qu'il faisait des efforts pour me parler de trucs joyeux. Il me demandait comment étaient les autres enfants, et si je m'entendais bien avec eux, et à quoi nous jouions, ce genre de trucs. J'essayais de lui répondre, mais au fond de moi, je pensais à autre chose. À mes parents, à Armistad, à MG. Je commençais à connaître toutes les pièces de mon puzzle perso. Restait à les assembler.

On a marché pendant près de deux heures, et on s'est arrêtés un moment pour manger. La bonne nouvelle, c'est que le sac à dos de Sandoval était plein de nourriture, et aussi de trucs à boire. Je lui ai vidé une gourde entière en moins de trente secondes.

Quand on est repartis, le soir commençait à tomber.

On a pas mal discuté.

Sandoval m'a expliqué qu'à son avis les ogres qu'on avait rencontrés, enfin, les androbots, avaient appartenu à Armistad par le passé.

« Comment ça ?

– Les ogres dont il s'est servi pour son film. Ils ressemblaient exactement à ça. Tu n'as jamais vu le film ?

– Non.

– Mademoiselle Grâce n'en a pas conservé une copie ?

– Il n'y a pas eu de copie.

– C'est elle qui t'a dit ça ?

– Oui. »

Il y a eu un moment de silence. J'ai étouffé un bâillement.

« Fatigué ?

– Un peu.

– On va bientôt s'arrêter. »

Une demi-heure après, on est arrivés sur un petit talus qui donnait sur les marais. Au milieu, on apercevait le Bunker.

« Et si on se posait là pour la nuit ? »

Il n'était pas très tard. On a avisé[1] un rocher. Sandoval s'est débarrassé de son sac, en a sorti une sorte de coussin en plastique, avec des tubes repliés : trois minutes plus tard, une tente était montée.

« Elle n'est pas très grande, mais on devrait pouvoir tenir à deux. »

J'ai souri.

Le soleil sombrait lentement à l'horizon.

On s'est installés contre le rocher pour grignoter un peu : des galettes à la viande et de la soupe lyophilisée[2] autoréchauffante. Pas mauvais.

« Parle-moi encore de tes parents », a demandé Sandoval en me souriant.

Mes parents ? Oh, mes souvenirs étaient si vagues ! J'avais beau me creuser la tête, je n'avais que l'épisode du château de sable à raconter, celui dont se moquait Phyllis. Je me sentais assez mal à l'aise.

---

1. ***On a avisé*** : on a aperçu.
2. ***Lyophilisée*** : déshydratée pour être réduite en poudre.

« À quoi ressemblaient-ils ?

– Eh bien, ils… Ils ressemblaient à… Ils étaient grands tous les deux. »

J'ai inventé.

La vérité, je m'en rendais compte maintenant, c'est que je ne me souvenais de rien. Je me rappelais la date de leur mort, mais j'étais incapable de dire de quoi ils avaient l'air. Et j'avais beau me creuser la cervelle, pas moyen de trouver la moindre anecdote.

« J'arrête de t'embêter », a fini par dire Sandoval.

Mais, un peu plus tard, il a recommencé, d'une façon un peu détournée. Il m'a demandé de lui parler des parents des autres.

Sur Phyllis, je ne savais rien. J'ai répété ce que m'avaient dit Diana et Jester.

« Les parents de Diana sont morts dans le grand attentat de 2530.

– Le grand attentat ?

– Oui. En Californie, vous savez ? Il y a eu cette bombe posée au fond de la mer, sur une faille, et ça a soulevé une vague gigantesque. Il y a eu un million de morts.

– Ah, euh… oui, oui », a dit Sandoval.

Il n'avait pas l'air très sûr.

« Vous ne vous rappelez pas ? j'ai demandé, très étonné.

– Si, il a fait. Si, bien sûr.

– Parce que c'était quand même le plus gros attentat de l'histoire des États-Unis.

– Oui, a dit Sandoval. En fait, à l'époque, je me trouvais euh… en Fédération chinoise unifiée. »

Il m'a demandé de lui parler encore des attentats. Il me posait des questions bizarres. Pour être honnête, ça me paraissait fou que quelqu'un qui avait été sur Terre à ce moment-là demande des trucs aussi évidents. Enfin, bref.

Après ça, on a causé du film d'Erwin Armistad. Est-ce que je savais ce que ça racontait ? Euh, très vaguement. Est-ce que je connaissais la légende maya dont était tiré *oXatan* ? Pas vraiment. Est-ce que mademoiselle Grâce nous en parlait, parfois ?

« Elle nous a juste dit que le film n'était jamais sorti.

– Est-ce qu'elle vous a dit pourquoi ?

– Paraît qu'un virus a tout bousillé. »

Sandoval a lentement hoché la tête.

Pour finir, on a causé un peu de lui, de son métier.

Ça faisait une dizaine d'années qu'il travaillait comme enquêteur pour le Comité d'Éthique Mondial. C'était un boulot passionnant, mais assez dangereux. Lui, il avait trente-six ans. Il se donnait encore quelques années avant d'arrêter.

On est rentrés dans la tente. J'ai dit à Sandoval que j'allais écrire un peu : ce que je suis toujours en train de faire. Lui, il visionne des trucs sur son naviborg. Ça me rassure drôlement d'être avec lui. Malgré ses questions à la noix et ses airs mystérieux, il a l'air gentil et tout. Je suis sûr qu'il sait beaucoup plus de choses qu'il ne veut bien me dire. Il joue le type qui est au courant de rien et qui s'informe poliment, mais on ne me la fait pas à moi.

Bon.

Il est presque minuit. Largement l'heure de dormir, d'après Sandoval.

Il y a encore plein de choses que je voudrais écrire. Ce que j'ai ressenti tout à l'heure devant la cuve. Combien les autres me manquent. C'est dingue, le souci que je me fais pour eux. Moi, je suis libre, eux, ils sont tout seuls avec MG. Est-ce que j'ai bien fait de les abandonner comme ça ? D'un autre côté, je ne vais certainement pas les laisser tomber. Parce que, finalement, c'est pour eux que je fais tout ça.

Jour 12

Nom de code : projet oXatan

But : concevoir des enfants artificiels améliorés et en assurer le développement physique et intellectuel jusqu'à l'âge de trois ans, sans la moindre intervention humaine.

Détail : le projet est lancé en 2525 à Detroit, contre l'avis du Comité d'Éthique Mondial. Plusieurs cuves sont construites dans des usines secrètes basées au Mexique. La capacité d'accueil est de quatre enfants par cuve. Tout le processus est géré par une intelligence artificielle de classe gamma.

Les embryons sont conçus in vitro[1]*, par l'association d'ovules et de spermatozoïdes bio-synthétisés. Chaque embryon se développe au sein d'une poche vitale garnie de synthéplacenta[2]. Parvenus à terme, les enfants sont pris en charge par l'IA[3] jusqu'à l'âge de*

---

1. ***In vitro*** : en laboratoire, grâce à des techniques cliniques et biologiques (par opposition à *in vivo*, c'est-à-dire dans un organisme vivant).
2. ***Synthéplacenta*** : mot inventé désignant un placenta de synthèse, d'origine chimique. Le placenta adhère à l'utérus et communique avec le fœtus, auquel il apporte les nutriments, par le cordon ombilical.
3. ***IA*** : intelligence artificielle (voir note 2, p. 42).

trois ans. Des souvenirs artificiels, aléatoirement[1] générés[2], leur sont régulièrement implantés. Leur alimentation, leur éducation, leur développement moteur sont contrôlés par des modules d'intervention spécifiques. L'accent est tout particulièrement mis sur l'éclosion assistée des pouvoirs psi naturels : télépathie[3], prémonition[4], sixième sens. L'intelligence artificielle, qui possède une voix douce et chaude, accueille les enfants dans des cocons maternels babyCare™, et rythme leur quotidien au moyen de :

– huit bras mécaniques multifonctions ;

– une unité de soins médicaux autogérée avec simulateur d'attaque microbienne et robot d'opération ;

– deux cents environnements 3D photosensibles (mer, école, campagne, intérieurs, extérieurs, etc.) ;

– un dispositif de trente-huit séquenceurs prenant en compte, outre le déroulement d'une journée classique, le passage des saisons et les simulations de sorties ;

– des aires de jeux aléatoirement renouvelées ;

– une cantine de produits complets, distribués à heures fixes et répondant aux besoins nutritifs évalués.

Chaque cuve est réglée sur une horloge interne, avec alternance de cycles diurnes et nocturnes.

Voilà.

Pas de bruit. Nuit profonde. Je suis sorti de la tente. Je me tiens caché derrière un buisson, pour que Sandoval ne m'entende pas. J'ai mon naviborg sur les genoux. Je viens de recopier ce fichier d'un microdisk que j'ai trouvé dans son sac pendant qu'il dormait. Oui, je sais : ça ne se fait pas. Mais j'avais *besoin* de savoir.

---

1. *Aléatoirement* : au hasard, sans règle.
2. *Générés* : produits.
3. *Télépathie* : transmission de pensées entre des personnes, sans utiliser les canaux habituels de communication (parole, toucher, vue, etc.).
4. *Prémonition* : intuition, sans preuves rationnelles, qu'un événement va se produire.

J'ai l'impression que quelqu'un ou quelque chose nous observe. J'ai entendu des frémissements dans les branchages. Je me suis levé. Je n'ai plus peur de grand-chose, je ne sais pas pourquoi. Je me suis avancé sans un mot. J'ai entendu un bruit dans l'obscurité, comme un crissement métallique. La Voix. Je ne sais pas ce qu'elle cherche. Je pourrais crier, appeler Sandoval. Mais je ne le fais pas. Je ne crois pas que la Voix nous veuille du mal.

Il faut que je dessine ce que j'ai vu dans la pyramide, cette espèce de cuve – *ma* cuve ?

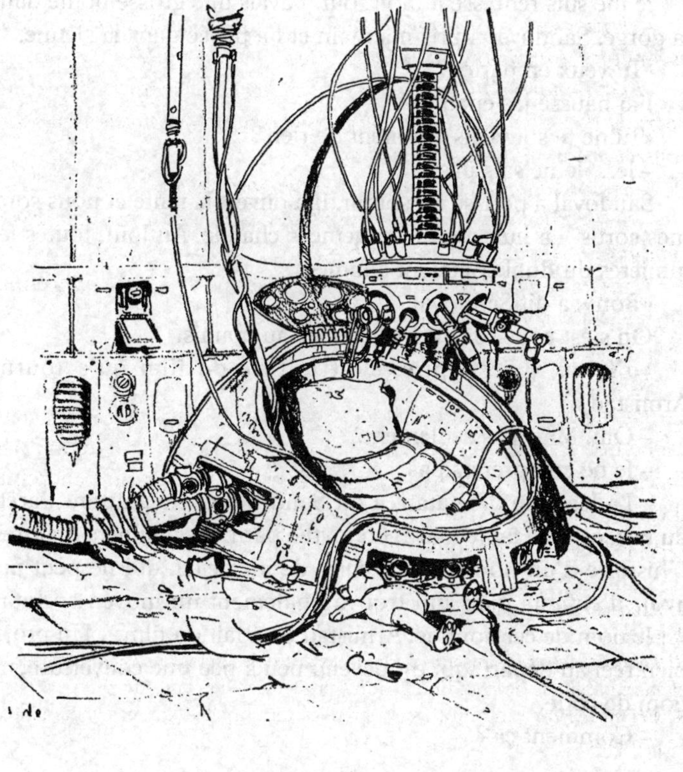

Sept heures du matin.

Sandoval prépare le petit déjeuner.

Je n'ai pas fermé l'œil de la nuit. Je n'arrêtais pas de remuer, et Sandoval a fini par s'en apercevoir. À un moment, il s'est redressé et il a allumé sa lampe. J'ai fait semblant de dormir. C'était un peu ridicule.

«Tu as trouvé ce que tu cherchais ?

– Quoi ? j'ai grogné.

– Dans mon sac.»

Je me suis redressé à mon tour. J'avais une grosse boule dans la gorge. Sandoval a pris ma main et l'a posée dans la sienne.

«Tu veux en parler ?»

J'ai haussé les épaules.

«Tu ne te souviens vraiment de rien ?

– Je… Je ne sais pas.»

Sandoval a poussé un soupir. Il a ouvert la tente et nous sommes sortis. La nuit était étrangement chaude. Au loin, toutes les lumières du Bunker étaient allumées.

«Bon», a dit Sandoval.

On s'est assis sur un rocher, face au marais.

«*oXatan*, j'ai soupiré, c'est le titre du film qu'a tourné Armistad ?

– Oui. Mais pas seulement.

– Je ne comprends pas.

– La légende d'oXatan, a dit Sandoval en se grattant l'arête du nez, est une fable maya, un mythe parmi des milliers d'autres. L'histoire d'un homme, une sorte de magicien, qui ne peut pas avoir d'enfants mais qui trouve finalement un moyen ; oXatan est le nom de cet homme. Armistad en a fait un film… Un projet bien réel au départ, qui est devenu peu à peu une couverture, un nom de code.

– Comment ça ?

Robotique et intelligence artificielle

Les exploits d'Armistad dans *Projet oXatan* ne sont pas si éloignés de la réalité : si la création d'hommes artificiels strictement semblables aux êtres humains demeure bien fictive, le champ de la robotique progresse néanmoins à grands pas. Les recherches dans le domaine de l'intelligence artificielle s'emploient par exemple à développer des robots dotés d'une sensibilité émotionnelle, c'est-à-dire capables d'analyser une situation et de ressentir des émotions pour interagir avec l'homme. Comprendre comment les capacités humaines se développent, puis tenter de les reproduire à l'échelle de la robotique : tels sont les enjeux de la science moderne.

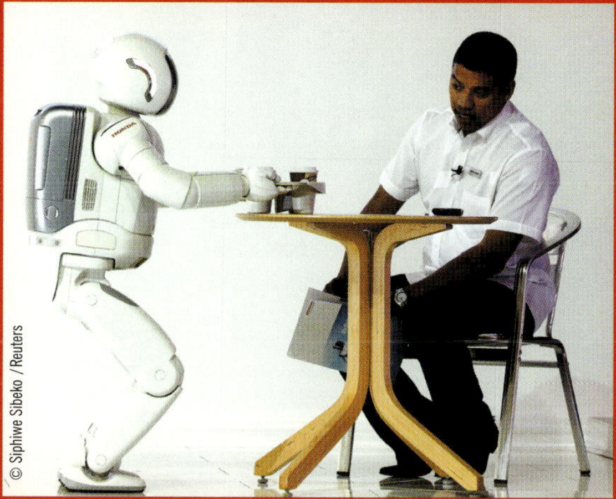

◀ Né dans un centre de recherches du groupe Honda, au Japon, Asimo est un robot d'aide à la personne. Prototype, il n'est pas encore commercialisé mais sera destiné à une utilisation médicale : il servira de « droïde de compagnie » aux enfants en difficulté, aux personnes âgées ou handicapées. Il pourra également effectuer des opérations jugées trop dangereuses pour les humains.

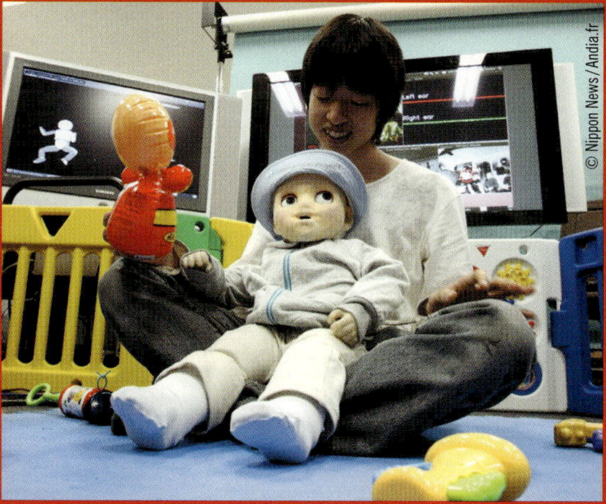

▶ L'homme pourrait-il mieux se connaître grâce aux robots ? Les parents de l'humanoïde Noby, des chercheurs japonais, en sont convaincus : ils espèrent que leur invention permettra de comprendre davantage la manière dont un être humain interagit avec son environnement. Équipé de multiples micros, caméras et capteurs, le robot Noby est censé reproduire le comportement d'un bébé de neuf mois.

Robots à visage humain

La machine se substituera-t-elle un jour à l'homme ? Bien sûr, on peut en douter ; cependant, elle prend de plus en plus visage humain et incite donc à repenser ce qui définit précisément l'homme...

▲ Les frontières qui séparent l'artifice du naturel s'amenuisent progressivement : non seulement les robots acquièrent une forme d'intelligence, voire de sensibilité émotionnelle, mais ils prennent également l'apparence physique des hommes.

▶ Les androïdes ne sont pas que de pures chimères : répondant au doux nom de Geminoid F, le robot ci-contre est le protagoniste bien réel d'une pièce de théâtre japonaise (*Sayonara*, représentée en 2010 au Festival des arts de Tokyo) ! Extrêmement réaliste, l'androïde a été conçu à l'image d'une véritable comédienne. Il sait bouger la tête, les bras, et peut nuancer l'expression de son visage.

Constructions futuristes

Dans *Projet oXatan*, au XXVIe siècle, des adolescents élisent domicile sur la planète Mars, au sein d'un « énorme parallélépipède rectangle de trois étages, tout en verre, en pierre et en bois » (p. 28). Et nous, où vivrons-nous demain ? Dans une ville écologique ? une cité flottante ? une métropole à l'architecture défiant les lois de la physique ? Si les moyens manquent souvent à la réalisation de projets d'urbanisme futuristes, des architectes de tous pays conçoivent régulièrement des projets aussi spectaculaires que novateurs. En voici quelques-uns.

▲ Située dans la baie de Bakou (capitale de l'Azerbaïdjan), l'île Zira est un projet de territoire écologique créé par le cabinet d'architecture danois « BIG Architects's ». Ce projet repose sur un concept unique : l'autosuffisance. L'île subviendra à ses besoins sans l'aide du continent : les bâtiments seront chauffés et refroidis à l'aide de pompes à chaleur reliées à la mer Caspienne, des usines de désalinisation permettront l'approvisionnement des habitants en eau potable, tandis que des capteurs de lumière et des parcs d'éoliennes leur fourniront des ressources énergétiques.

◀ Autre projet pour le futur : une ville flottante – imaginée par l'architecte Jean-Philippe Zoppini –, qui mêlerait habitants, croisiéristes, commerçants et étudiants – une île mobile. De 400 mètres de long et 300 mètres de large, l'île AZ se déplace tel un paquebot et offre aux touristes fortunés lagon intérieur, marina, jardins, plages et palmiers. Avec elle, la fiction imaginée par Jules Verne dans *L'Île à hélices* (1895) devient réalité ! Prévu pour 2016, le projet a été suspendu à la suite de la mort de son concepteur, advenue en 2010.

▲ Staszek Marek a remporté le concours organisé par un constructeur de cartes graphiques, Nvidia, et une société promouvant l'art digital, CG Society. Les candidats devaient concevoir des architectures futuristes. Staszek Marek a imaginé un immense complexe urbain localisé au milieu d'un paysage maritime idyllique.

Le futur au cinéma

Parce qu'il permet de renvoyer au spectateur une image de ses angoisses ou de ses fantasmes, le cinéma demeure l'un des supports privilégiés pour mettre en scène le futur. Savants prêts à tout pour outrepasser les limites de la robotique, explorateurs de planètes inconnues, hommes instrumentalisés par des machines ou fascinés par la maîtrise de la vie..., ces personnages sont légions dans les films de science-fiction et permettent de s'interroger sur les notions de nature humaine et de réalité.

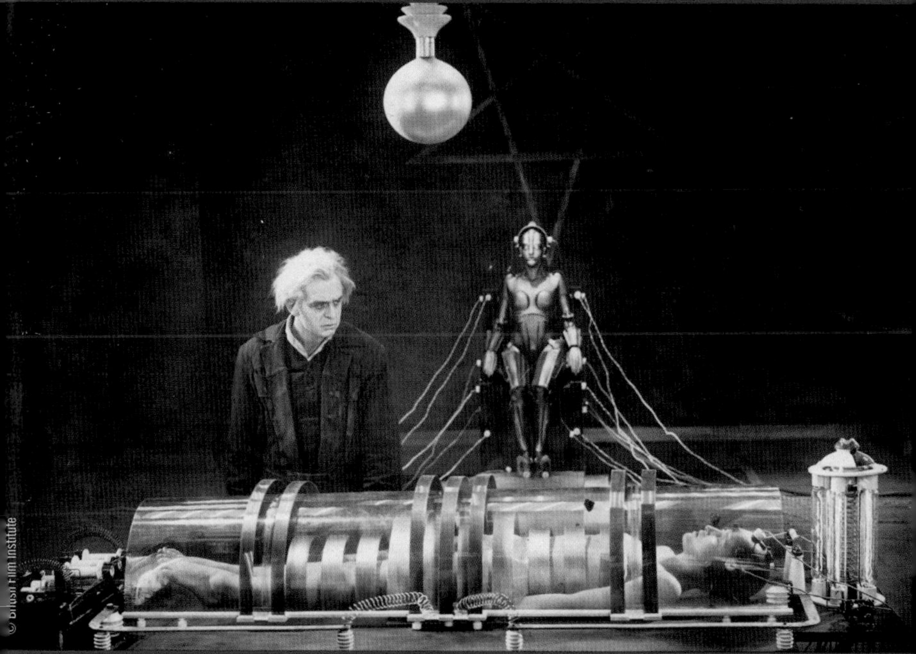

▲ Armistad rappelle le savant fou de *Métropolis* (1927). Dans ce film de Fritz Lang, Rotwang (ci-dessus) kidnappe une ouvrière, Maria (premier plan), afin de donner son apparence à l'« homme machine » qu'il vient d'inventer (second-plan). Dans son désir obsessionnel de recréer la vie, Rotwang oublie toute considération éthique.

▲ Dans *A.I., Intelligence artificielle* (Steven Spielberg, 2001), David, un robot de onze ans, sert d'enfant de substitution à un couple dont le jeune fils a été cryogénisé en attendant la découverte d'un remède qui lui permettrait de vivre. Abandonné lorsque le véritable fils guérit, David entame une quête désespérée pour retrouver sa mère adoptive. Recherchant avant tout l'affection de celle pour qui il a été créé, et capable de développer un ensemble impressionnant d'émotions et de souvenirs, cet androïde remet en cause les frontières traditionnellement associées au genre humain.

◀ Si la machine dispose d'une conscience et de sentiments, alors, la réduire à l'état d'objet revient à l'esclavager. Le film de Ridley Scott, *Blade Runner* (1982), fait l'hypothèse d'une telle déviance. En 2019, des androïdes appelés *replicants* servent d'esclaves modernes dans les nouvelles colonies que les hommes ont établies dans l'espace afin de fuir les mégalopoles de la Terre (devenues insalubres). Rien ne permet de distinguer les *replicants* des humains – dont ils ont l'aspect, la force et l'intelligence. Ci-contre, un androïde « Nexus 6 », l'un des plus perfectionnés, déclaré « hors la loi » et recherché par une unité de police spéciale : *Blade Runner*.

▲ Plongée troublante au cœur d'une société fondée sur le risque zéro, *Minority Report* (2002), de Steven Spielberg, met en scène des personnages qui, à l'instar des héros de *Projet oXatan*, disposent de pouvoirs « psi » étonnants. En 2054, la police de Washington, Précrime, utilise ainsi des *précogs* (ou « précognitifs », c'est-à-dire des individus capables de connaître l'avenir) pour prévenir les meurtres : maintenus en quasi-permanence dans une cuve, trois humains (dont une femme, Agatha, sur cette photo) annoncent les méfaits et sont chargés de communiquer leurs visions à l'agent John Anderton (Tom Cruise), qui arrêtera les « coupables » avant même qu'ils aient commis leurs crimes.

▲ *Matrix* (1999), le film des frères Wachowski, imagine une époque où les machines ont pris le pouvoir : les hommes vivent dans un monde virtuel, sous le contrôle de la Matrice – vaste intelligence mécanique – qui leur donne l'illusion de leur liberté. L'envers de cette existence artificielle est une réalité bien sombre : des individus reliés à la Matrice par de nombreux branchements.

▲ *Total Recall*, de Paul Verhoeven (1990), se situe dans un futur relativement proche : l'année 2049. Comme dans *Projet oXatan*, Mars a été colonisée. Le héros, Doug Quaid, rêve toutes les nuits de la planète rouge – souvenirs d'un séjour bien réel qu'on a tenté d'effacer de sa mémoire. Bientôt, il s'envole pour Mars à la recherche de son passé énigmatique.

– Le film a été interdit parce qu'il faisait l'apologie[1] de la fabrication artificielle d'êtres humains. En réalité, il ne servait qu'à financer un projet beaucoup plus important. Une sorte de publicité masquée, si tu préfères.

– Et ce projet… »

Je me suis tu. Sandoval s'est tourné vers moi.

« Le projet oXatan a été initié par un certain Gettleheim, un scientifique très brillant, mais un peu cinglé. Son idée, pour résumer, était de créer des sortes d'androïdes[2], des enfants artificiels. Des enfants qui n'auraient pas à subir le poids de leurs géniteurs. Des êtres parfaits, de son point de vue, et dont les pouvoirs psi pourraient se développer à loisir.

– C'est quoi, les pouvoirs psi ?

– La prémonition, la télépathie, ce genre de choses. Des pouvoirs que nous possédons tous, mais à un niveau quasi imperceptible. La plupart du temps, ils ne se développent jamais, ou bien nous sommes incapables de les contrôler. Gettleheim pensait que c'était la faute des parents, de l'éducation qu'on donnait aux enfants en bas âge. »

Prémonition ? Télépathie ?

J'ai fermé les yeux, je les ai rouverts : le Bunker était toujours là.

« Gettleheim était un homme très ambitieux, a poursuivi Sandoval. Mais il faut de l'argent, énormément d'argent pour mener à bien un projet de cette ampleur.

– Combien ?

– Des sommes que tu ne pourrais même pas imaginer. Gettleheim a construit ses premières cuves grâce aux crédits du gouvernement américain. Il essayait de les convaincre que les enfants qui naîtraient de ses cuves seraient des posthumains[3], des êtres supérieurs.

---

1. *Apologie* : éloge.

2. *Androïdes* : un androïde est un « être artificiel, comme le robot, mais qui possède une apparence humaine » (Roger Bozzetto, *La Science-fiction*, *op. cit.*).

3. *Posthumains* : mot inventé, construit avec le préfixe latin *post*, « après » ; il désigne une nouvelle génération d'humains dont certaines caractéristiques fondamentales seraient différentes des nôtres.

– Et sans parents ?

– Sans parents. Pas besoin de parents. Un embryon, c'est juste un spermatozoïde qui rencontre un ovule. Tu as appris ça en science, n'est-ce pas ?

– Oui.

– Si tu fabriques toi-même le spermatozoïde et l'ovule, si tu les fais se rencontrer artificiellement, si tu t'occupes de l'embryon *in vitro*, alors le bébé n'a pas besoin de parents.

– …

– Pendant trois ans, la seule mère que connaissent les andro… les enfants du projet oXatan est une intelligence artificielle de type gamma : c'est elle qui s'occupe des nouveau-nés. C'est elle qui les nourrit, qui les lave, qui les fait dormir, elle qui les change, qui leur raconte des histoires, qui les fait jouer. C'est elle, aussi, qui leur donne leurs premiers souvenirs. Et c'est là qu'est le problème.

– Pourquoi ?

– Eh bien… Il est apparu que le programme n'était pas totalement au point. La plupart des scientifiques trouvaient les cuves de Gettleheim très intéressantes, mais ce qui les gênait profondément, c'était cette histoire de souvenirs artificiels, l'idée que l'IA puisse faire croire virtuellement n'importe quoi aux enfants : ils avaient peur que ça nuise à leur développement. Et puis, le générateur mémoriel avait été conçu beaucoup trop vite, il était plein de bugs[1], et il y avait cette crainte que les enfants deviennent schizophrènes[2] et…

– Pas la peine d'avoir peur.

– Quoi ? »

Je me suis levé, puis je l'ai fixé droit dans les yeux.

---

1. ***Bugs*** : défauts d'un logiciel entraînant des anomalies de fonctionnement.
2. ***Schizophrènes*** : atteints de schizophrénie, maladie qui provient d'un dysfonctionnement du cerveau et qui provoque des épisodes de psychose, d'hallucinations et de perturbations de la logique de la pensée.

« Regardez-moi. Est-ce que j'ai cherché à en savoir plus, moi ? Non : j'ai tout gobé de A à Z, sans poser de questions – on avait tous les mêmes souvenirs –, et je suis sûr que les autres aussi, à part Phyllis, peut-être parce qu'elle est un peu plus futée que la moyenne, et… »

Je n'ai pas pu finir ma phrase.

J'ai éclaté en sanglots.

Subitement, c'était trop : trop, de réaliser que mes quelques souvenirs d'enfance n'étaient qu'un énorme mensonge. Trop, de m'imaginer, petit enfant, grandissant entre les bras d'une machine. Trop, les tromperies de MG, la prison du Bunker et notre vie dans l'Éden. Je me rappelai cette discussion que nous avions eue avec Phyllis, au bord de la piscine. *Tu te souviens quand on t'a amené ici ? Ce qui s'est passé juste après la mort de tes parents ? Tu te rappelles Armistad ?* Étions-nous nés ici ? Avions-nous… passé notre enfance dans une cuve ? *Moi, je me rappelle une machine. Je me souviens que nous étions tous ensemble, et que nous vivions tous ensemble, et qu'un jour, une porte s'est ouverte.*

Bon sang, c'est ça, c'est bien ça.

Pas étonnant que nous ayons tous les mêmes souvenirs.

Nos parents n'ont jamais existé.

Et rien que de l'écrire…

***

Huit heures.

Nous venons de déjeuner. J'ai juste bu un peu d'eau.

Impossible d'avaler quoi que ce soit.

Je suis de nouveau devant mon naviborg. Plus ça va, et plus ce journal devient vital pour moi. Il *faut* que je raconte. Que je comprenne.

En ce moment, Sandoval observe le Bunker avec une paire de jumelles. Il me dit qu'il voit deux personnes. Une dans le fumoir (probablement Diana) et une sur la terrasse qui, elle aussi, observe la forêt avec des jumelles. Il me dit que nous devons rester à couvert. Il me demande si MG est armée. Je réponds machinalement à chacune de ses questions. Je me sens très calme, très triste, vraiment bizarre. Je n'arrive pas à comprendre ce qui m'arrive : enfin si, je comprends, mais je n'arrive pas à l'*admettre*.

Sandoval est très gentil. Il me demande sans cesse si ça va. Il me demande si je veux parler. Si j'ai besoin de quelque chose. Oui, ça va. Non, pas trop envie d'en causer. Non, non, tout va bien, merci. Je pense à la pyramide.

Alors, c'est là-dedans que nous sommes nés ? Là-dedans que nous avons passé nos premières années ? Ça paraît impossible. Mes souvenirs… Mais c'est quoi, des souvenirs ? Des trucs qu'on vous met dans le cerveau, et que le cerveau accepte ? Qu'est-ce qu'on peut croire ? Diana, Jester, le baiser de Phyllis, qu'est-ce qui me prouve que tout cela *est* réel ?

Sandoval m'a expliqué que la cuve qui nous avait vus naître avait d'abord été construite à l'intérieur d'une pyramide artificielle, au Mexique, et qu'Armistad avait acheté cette pyramide et l'avait fait démonter pièce par pièce avant de la faire reconstruire, ici, au milieu du cratère. Armistad était un grand ami de Gettleheim, et il était très riche. C'est son argent, en majeure partie, qui a financé le projet oXatan.

Je lui ai demandé comment il savait tout ça. Il m'a répondu qu'il enquêtait sur cette affaire depuis 2531. Il m'a expliqué que Gettleheim était toujours en liberté, sans doute quelque part au Mexique ; qu'un mandat d'arrêt[1] international avait été lancé contre lui, mais qu'il se cachait, et que tant qu'on ne l'aurait pas attrapé on ne connaîtrait pas toute la vérité sur le projet oXatan. Il m'a dit que c'était une enquête difficile. Que Gettleheim et Armistad étaient des gens très protégés. Que pendant des années personne n'avait su où était passé Armistad, que lui, Sandoval, était parti sur tout un tas de fausses pistes, et qu'il était fatigué, fatigué.

1. ***Mandat d'arrêt*** : ordre d'arrêter.

J'ai fini par lui parler de la Voix. La Voix qui nous appelle, certains soirs. La Voix qui chuchote dans nos rêves. Sandoval a eu l'air intrigué.

« Est-ce que vous entendez cette voix tous les quatre ?

– C'est arrivé à chacun de nous. Au moins une fois.

– Une voix d'homme ou de femme ?

– Difficile à dire. Plutôt un chuchotement.

– Et qu'est-ce qu'elle vous dit, cette voix ?

– Elle nous appelle. Tout simplement. »

Je ne sais pas si Sandoval m'a cru. En tout cas, il a arrêté de me poser des questions. Je lui ai demandé pourquoi le Comité d'Éthique n'avait pas carrément envoyé l'armée. Il m'a dit que ce n'était pas possible. Que sa mission était avant tout une mission de reconnaissance, qu'elle n'intéressait plus grand monde, que les crédits commençaient à manquer. Il m'a dit que certains, au sein même du Comité, avaient fait tout leur possible pour que l'enquête meure d'elle-même, soit définitivement oubliée, effacée.

Comme nous.

***

Je ne sais pas comment je fais pour continuer à écrire. Les larmes me brouillent la vue. Mais je dois poursuivre. Raconter cette terrifiante journée.

À dix heures, nous avons décidé de nous rendre au Bunker. Pendant qu'on pliait la tente, j'ai redit à Sandoval que MG allait probablement me tuer si je revenais maintenant avec lui.

« Ne t'inquiète pas, il m'a dit en posant une main sur mon épaule. Toi, tu vas rester à l'abri. Je vais aller la voir tout seul. »

On est descendus de la butte où on avait passé la nuit. Je portais mon sac, Sandoval avait le sien, avec son sniper.

« C'est quoi comme sniper ? j'ai demandé.

– Un mamba 511, il a répondu sans se retourner. Visée laser et infrarouge. Il tire des balles à fragmentation.

– Qu'est-ce que ça veut dire ?

– Ça veut dire que quand la balle pénètre sous l'épiderme, elle se divise en une multitude de fragments qui partent dans toutes les directions.

– Ça doit faire très mal.

– Ce n'est pas censé faire mal. C'est censé tuer. Cela dit, si c'est aux ogres que tu fais allusion, ne te fais pas de souci. Je ne crois pas qu'ils connaissent la souffrance. »

On a continué à marcher. Il nous a fallu environ une demi-heure pour arriver à la clôture. Elle bourdonnait toujours.

« Sous tension, hein ? a dit Sandoval en fronçant les sourcils. Comment as-tu fait pour sortir ?

– Il y a un trou plus loin. »

On s'est remis en route, longeant la clôture en silence. J'étais vraiment très fatigué.

Tout à coup, Sandoval m'a fait signe de m'arrêter. Il a sorti ses jumelles de son sac, il a regardé droit devant lui, puis il me les a tendues, parfaitement calme. J'ai regardé à mon tour.

C'était Phyllis.

Phyllis agenouillée, et Jester, étendu à ses côtés, apparemment sans connaissance.

Juste devant le trou. Et le corps de l'ogre avait disparu.

J'ai voulu dire quelque chose, mais aucun son n'est sorti de ma bouche.

« Tu les connais ? » a demandé Sandoval.

J'ai fait oui de la tête.

Nous nous sommes mis à courir.

« Phyllis ! » j'ai crié.

Elle m'a vu, a fait un signe de la main, s'est redressée.

« Attention au piège ! elle a dit quand je suis arrivé près d'elle.

– Je sais. »

Nous sommes tombés dans les bras l'un de l'autre.

« Ça va ? »

Elle a hoché la tête, puis on a baissé tous les trois les yeux vers Jester.

«Vacherie», j'ai dit.

On s'est accroupis. J'ai avancé une main tremblante. Jester avait les cheveux dressés sur la tête. Il ne bougeait pas. Sandoval a collé son oreille contre sa poitrine, lui a soulevé le poignet et a regardé Phyllis.

«Qu'est-ce qui s'est passé ?

– La clôture était sous tension, a dit Phyllis.

– Et vous ne le saviez pas ?»

Elle lui a lancé un regard noir.

«Vous êtes qui, d'abord ?

– T'inquiète pas, j'ai dit. Il est avec nous.»

Ça a eu l'air de la rassurer un peu.

«Jester a voulu faire son intéressant.

– C'est pas vrai… j'ai soupiré.

– Il a sauté, comme d'habitude, mais cette fois son bras a touché la clôture.»

Sandoval a secoué la tête d'un air désolé.

«Je ne suis pas médecin, il a dit. Je suis tout sauf médecin. Mais je présume qu'il s'agit d'ondes Füller, n'est-ce pas ?»

On a fait signe que oui.

«Dans ce cas, je pense qu'il est simplement sonné. Il se réveillera avec une petite paralysie, mais les effets du choc se dissiperont assez vite. Il n'y a plus qu'à attendre.

– Je suis désolée, a dit Phyllis.

– Tu n'y es pour rien.»

Nous avons pris quelques minutes pour expliquer à Phyllis qui était Sandoval, comment nous nous étions rencontrés, mon aventure avec les ogres : je voyais bien, à sa mine renfrognée[1], qu'elle hésitait encore un peu à nous croire. C'est comme ça qu'elle fonctionne, Phyllis : elle se méfie toujours au début. Seulement, quand

1. ***Renfrognée*** : de mauvaise humeur.

on en est arrivés aux cuves et à la pyramide, aux faux souvenirs et au projet oXatan, l'expression de son visage a changé du tout au tout. Elle m'a fixé avec ses grands yeux tristes.

« Je m'en doutais.

– Hein ?

– Je m'en doutais, elle a répété. Depuis très longtemps.

– Il n'y a rien de… dramatique, a hasardé Sandoval.

– Non, a répondu Phyllis. Bien sûr que non. Nous sommes juste des… des… »

Elle n'arrivait pas à dire le mot. Je savais ce qu'elle ressentait. Les visions, les rêves…

Sandoval a secoué doucement la tête.

« Vous êtes des enfants, il a dit. Vous êtes faits de chair et de sang.

– Des enfants artificiels, elle a murmuré.

– Pourquoi vous ne dites pas le mot ? j'ai crié. Des foutus androïdes, oui ! »

Phyllis a posé ses doigts sur ma bouche. Je tremblais de tous mes membres.

« J'ignore ce que vous êtes, a déclaré Sandoval. Humains, post-humains, androïdes ? Ce ne sont que des mots, de stupides catégories. Tout ce que je sais, c'est que vous ressentez des choses, comme tous les autres enfants. Vous souffrez, vous rêvez, vous riez, vous pleurez. Vous êtes réels. »

Je me suis mordu les lèvres, et j'ai senti le goût du sang. Sandoval avait l'air désolé. Je voyais bien qu'il ne savait plus quoi dire.

Phyllis a passé un bras autour de mes épaules, puis a posé un baiser sur ma joue.

« Hé, elle a chuchoté à mon oreille. On n'est pas des robots, tu te souviens ? »

On est restés un long moment sans rien dire. Jester ne bougeait pas, il avait l'air de dormir. L'espace d'un instant, je l'ai envié : il ne savait rien. Parfois, c'est mieux de ne rien savoir.

«Et toi, Phyllis ? Tu t'es enfuie aussi ?» a demandé Sandoval tout en inspectant le canon de son sniper.

Phyllis nous a raconté ce qui lui était arrivé. C'était assez simple, en somme : elle et Jester s'étaient échappés du cabanon en crochetant[1] la serrure de la trappe avec le fil de fer qui faisait l'armature de son soutien-gorge. Ensuite, ils avaient escaladé le fumoir pour rejoindre la passerelle. Ils s'étaient laissés glisser sur le ponton, et ils avaient pris une barque.

«C'est ce qui s'appelle œuvrer à l'ancienne», a souri Sandoval.

J'ai reniflé.

«Et Diana ? j'ai demandé.

– La serrure du fumoir et le cadenas, c'est autre chose, a dit Phyllis. Et impossible de casser les vitres, elles sont en verre spécial. Mais on lui a promis de revenir.

– MG ?

– On a attendu qu'elle parte faire un tour pour passer à l'action. Je suppose qu'elle est rentrée, maintenant.»

On a regardé autour de nous, un peu inquiets.

«Elle doit être folle de rage.

– Tu m'étonnes.»

Sandoval s'est passé une main dans les cheveux.

«Je vais aller la trouver.

– Je ne crois pas que ce soit une bonne idée, a répondu Phyllis.

– Allons, allons. Il doit bien y avoir un moyen de discuter, non ? Elle n'est tout de même pas complètement folle.

– Vous savez… » a commencé Phyllis.

Sandoval l'a interrompue d'un geste.

«Je suis déjà au courant. Mais ne vous inquiétez pas. Je représente la loi, elle n'osera rien faire. De toute façon, je sais me défendre ! il a souri en tapotant la crosse de son sniper.

---

1. ***Crochetant*** : ouvrant sans clé, mais grâce à un autre outil (ici, avec un fil de fer).

– Alors ?

– Alors, vous deux, vous restez là et vous veillez sur votre ami. Je ne serai pas très long.

– Laissez-nous vos jumelles, j'ai dit.

– Pourquoi pas ? »

Il a farfouillé dans son sac et nous les a tendues.

« Ne bougez pas d'ici. J'en ai pour moins d'une heure. C'est bien compris ? »

J'ai levé un pouce. Phyllis a grimacé un sourire.

Sandoval s'est glissé de l'autre côté de la clôture et s'est avancé vers les marais. Je l'ai suivi aux jumelles. Arrivé sur le rivage, il a sorti un truc en plastique de son sac et l'a déplié par terre. Je l'ai vu tirer sur une valve. Un petit canot de couleur kaki a commencé à prendre forme. Dès qu'il a été gonflé, Sandoval l'a jeté à l'eau et est monté dedans.

« T'as vu ça ? » j'ai demandé à Phyllis.

Elle n'a rien répondu.

Elle était agenouillée auprès de Jester et lui tenait la main.

Je me suis laissé tomber à ses côtés.

J'ai ôté mon sac et l'ai posé sur l'herbe après avoir rangé les jumelles dedans.

On est restés silencieux un long, très long moment.

« Demain, c'est la Nuit de Phobos[1], elle a fini par dire.

– Ah oui ? J'avais oublié. Est-ce que…

– Est-ce que… »

On s'est remis à parler tous les deux en même temps. On s'est arrêtés en rigolant.

« Toi d'abord », j'ai dit.

Elle m'a regardé de derrière ses lunettes.

« Tu m'as manqué », elle a dit.

On a parlé de MG et d'Armistad. On a parlé du film sur le microdisk, on a parlé de la cuve. La cuve ! On a regardé longtemps

1. ***Nuit de Phobos*** : voir note 1, p. 37.

dans le vide. Essayant d'imaginer ce qu'avait pu être notre enfance. Essayant de nous imaginer, nous, petits nouveau-nés aux mains de la machine, nous, enfermés, parqués comme des animaux de laboratoire. C'était irréel. On ne se souvenait de rien, de presque rien.

« Peut-être que je ne voulais pas m'avouer certaines choses ? a dit Phyllis après une longue méditation. Et tu vois, c'est étrange, mais je n'arrive toujours pas à me rendre compte. Au fond, est-ce que c'est vraiment si important de savoir d'où on vient ? »

J'ai pris ses mains dans les miennes.

« Bien sûr que ça l'est. »

Elle m'a souri.

« Tu m'as manqué, elle a répété.

– Toi aussi. »

Dans les arbres, quelques oiseaux joyeux lançaient leurs trilles[1] vers le soleil. Encore une matinée magnifique.

« Comment va Diana ? j'ai demandé.

– Je ne sais pas », a répondu Phyllis en posant sa tête sur mon épaule.

Je n'osais plus bouger.

« Tu l'aimes ? » elle a demandé d'une petite voix.

Lentement, le plus lentement du monde, j'ai essayé de passer un bras autour de sa taille. Elle s'est écartée d'un coup et elle s'est levée.

« Je voudrais te montrer quelque chose, elle m'a dit.

– Et Jester ?

– C'est à deux pas d'ici.

– Mais on ne peut pas le laisser tout seul !

– Il dort. On n'en aura pas pour longtemps.

– T'es sûre ? »

Elle m'a fait signe que oui.

Je me suis levé à mon tour et elle m'a entraîné dans les sous-bois. Elle courait.

---

1. ***Trilles*** : vibrations mélodiques, chants.

« Hé ! j'ai protesté, attends, pas si vite ! Où tu m'emmènes ?
– Surprise ! »

En tout cas, elle semblait savoir où elle allait. Nous avons emprunté un petit sentier d'herbes folles, nous avons couru deux minutes, et nous nous sommes arrêtés devant un arbre. C'était une chose énorme, un monstre grisâtre au tronc noueux. J'ai posé ma main sur l'écorce, puis j'ai reculé de quelques pas. C'est alors que j'ai vu la croix. Une simple croix de bois, sur une butte couverte de feuilles mortes. Phyllis a lâché ma main, et je me suis penché. Il y avait quelque chose de gravé :

Mark Levine
? – 2534

« C'est une tombe, Arthur. »

J'ai avalé ma salive.

« Une tombe, j'ai répété.

– C'est Jester qui m'en a parlé. Il m'a tout expliqué. Il est resté une nuit entière dans la forêt, tu sais ? Avec tous les ogres qui patrouillaient. »

Je suis resté un long moment pensif, debout devant la butte.

« Quand est-ce qu'il t'a raconté tout ça ?

– Dans le cabanon. Ça, on peut dire qu'on a eu le temps de parler !

– …

– Qu'est-ce qu'il y a ?

– Rien, rien.

– En fait, elle a continué, on ne le connaît pas très bien, Jester, et dans le fond, je crois qu'il ne se connaît pas très bien lui-même.

– Si tu le dis. Et ce Mark Levine, qui c'est ? »

Phyllis s'est baissée pour toucher la croix du bout des doigts.

« 2534, elle a murmuré, c'est l'année où il est mort.

– Et alors ?

– L'année d'après, ce n'était plus le même livreur.

– Tu veux dire que… ?

– Je ne sais pas.»

Nous sommes retournés vers la clôture.

En marchant, j'ai posé la question qui me brûlait les lèvres. «Tu crois que MG serait capable de tuer quelqu'un ?

– Je ne suis sûre de rien.»

Nous sommes arrivés devant l'ouverture.

J'ai pris une énorme inspiration.

Mon sac était toujours là. Mais Jester avait disparu.

On a regardé partout autour de nous.

«C'est pas possible», j'ai dit.

Phyllis a posé une main sur sa bouche.

«C'est ma faute», elle a gémi.

Elle s'est mise à pleurer. Je ne l'avais jamais vue pleurer comme ça. C'était assez terrible. Ses épaules se soulevaient en silence. Et elle fermait les yeux de toutes ses forces.

J'ai essayé de la toucher, mais elle s'est vivement écartée.

«Hé, j'ai dit, c'est la faute de personne ! Peut-être qu'il s'est simplement réveillé et qu'il est parti à ta recherche.»

J'ai mis mes mains en porte-voix et j'ai commencé à crier :

«Jester ! Jester ?»

Phyllis s'est arrêtée immédiatement de pleurer et m'a fusillé du regard.

«Tu es fou ? Si MG nous entend !

– Qu'est-ce que tu veux faire, alors ?»

Elle a ôté ses lunettes et s'est essuyé les yeux d'un revers de manche. Son visage était dur.

Je me suis baissé, j'ai ouvert mon sac et j'ai pris les jumelles. Puis j'ai installé mon sac sur mes épaules et je me suis faufilé dans le trou de la clôture.

«Je vais aller voir où Sandoval en est», j'ai dit.

Et je me suis mis en route.

Phyllis a commencé à courir après moi.

«Attends, attends-moi.»

Je ne me suis pas retourné.

«Excuse-moi. Arthur!»

Je ne savais même pas de quoi elle parlait. J'ai continué à marcher.

«MG ne me fait pas peur, j'ai dit. Elle est folle, mais elle ne me fait pas peur.

– Arthur?

– Ça a assez duré. Il faut qu'on parte d'ici. Il faut qu'on parte, avec Sandoval.»

Bizarrement, je me sentais très fort : volontaire, sûr de moi. Je marchais dans les sous-bois, Phyllis s'accrochait à mon bras, et elle aussi avait changé : brusquement, elle n'était plus Phyllis-la-chef-de-bande-faites-comme-je-dis-et-bouclez-la. Elle était redevenue une petite fille, et elle ne voulait pas que je la laisse seule.

Arrivé sur les rives du marais, j'ai ajusté les jumelles et j'ai commencé à inspecter le Bunker. Qui était MG? Une étrangère. Est-ce que je l'avais aimée? Est-ce que je l'avais aimée, étant petit? Peut-être bien. Quand est-ce que ça s'était terminé?

«Tu vois quelque chose?

– Attends.»

J'ai réglé la profondeur de champ[1], et j'ai balayé[2] tout le premier étage. Rien. J'ai incliné les jumelles vers le bas.

MG et Sandoval étaient bien là.

Elle se tenait devant la porte, ils discutaient, tout avait l'air de bien se passer.

«Ils parlent, j'ai dit.

– Oh, Arthur, a chuchoté Phyllis en se remettant à pleurer, Jester a disparu, on n'aurait pas dû le laisser, c'est ma faute, ma faute, pourquoi est-ce que tu m'as laissé faire?

---

1. ***J'ai réglé la profondeur de champ*** : j'ai ajusté les jumelles afin que l'image soit nette.

2. ***Balayé*** : ici, il s'agit de regarder un espace dans toute son amplitude.

– C'est pas ta faute, j'ai répondu en continuant d'inspecter le Bunker. J'étais d'accord pour te suivre.

– Les ogres sont en liberté.

– Les ogres ne sont pas méchants. Les ogres, c'est juste pour faire peur aux enfants. Jester va s'en sortir. Arrête de t'inquiéter comme ça.»

Sur la terrasse, MG et Sandoval parlementaient toujours. Je voyais qu'elle essayait de faire bonne figure. Une fois, ils se sont tournés vers les marais, et j'ai fait signe à Phyllis de s'accroupir. On est restés un moment dans les roseaux, sans bouger.

«Elle nous a vus ?

– Je ne crois pas.»

Lentement, nous nous sommes redressés.

J'ai rajusté mes jumelles.

«Qu'est-ce qui se passe ? demandait Phyllis.

– Rien, j'ai dit. Rien, ils terminent.»

Sandoval souriait. MG souriait aussi. J'aurais payé cher pour savoir ce qu'ils étaient en train de se dire. Mais manifestement, j'avais eu tort de me faire du souci.

Pour finir, Sandoval s'est incliné poliment et s'en est retourné vers le ponton.

MG est restée sur le pas de la porte et a attendu qu'il remonte dans son canot. Elle lui a adressé un petit geste d'adieu, toujours souriante. Puis je l'ai vue disparaître à l'intérieur de la maison quelques secondes et revenir, son shotgun à la main.

«Non, j'ai murmuré. Oh, non !

– Quoi ? a demandé Phyllis. Qu'est-ce qu'il y a ?»

Elle m'a pris les jumelles des mains.

«MG va tirer sur Sandoval.»

Je me suis mis à hurler, de toute la force de mes poumons.

«SANDOVAL !»

Phyllis a étouffé une sorte de gémissement.

L'instant d'après, une terrible détonation a retenti au-dessus du marais. J'ai porté mon poing à ma bouche. Phyllis est tombée à genoux et a lâché les jumelles. Comme dans un rêve, je les ai ramassées pour regarder de nouveau. Sandoval était tombé dans son canot, la tête la première. MG avait refermé la porte et avait disparu à l'intérieur.

«Oh, bon sang, j'ai gémi. Il faut y aller, il faut aller aider Sandoval !

– Avec quoi ? Elle est armée. Merde !

– On ne peut pas le laisser. On ne peut pas. Il n'est peut-être pas mort. Peut-être seulement blessé.

– C'est pas possible. C'est pas possible ! »

Je ne sais pas lequel de nous deux était le plus affolé. Mon cœur battait à cent mille à l'heure. Les jumelles étaient de nouveau braquées sur la barque. Sandoval ne bougeait plus.

«On doit y aller, j'ai dit. On n'a pas le choix.»

Elle a pointé du doigt un coin dans les roseaux.

«Par là.»

On s'est mis à courir. La barque était échouée là où l'avaient laissée Phyllis et Jester. On a sauté dedans, défait la corde à toute vitesse, j'ai empoigné les rames et j'ai tendu mon sac à Phyllis, avec les jumelles.

«Essaie de voir ce qui se passe».

Elle s'est avancée au bout de l'embarcation. Je ramais comme un forcené[1].

«Alors ?

– Rien. Elle est toujours à l'intérieur.»

Au loin, quelques alligators inertes[2] nous regardaient passer en dérivant lentement. Des filets de brume épars flottaient sur la surface des eaux. Mes épaules me faisaient mal. Je soufflais comme un bœuf.

Jamais on n'a traversé les marais de l'Éden aussi rapidement. En cinq minutes, ça y était. Je me suis arrêté à quelques mètres

1. ***Forcené*** : qui n'a plus le contrôle de lui-même.
2. ***Inertes*** : immobiles.

du Bunker pour reprendre mon souffle. Le canot de Sandoval était tout proche. Apparemment, MG ne nous avait pas entendus arriver.

On s'est approchés en silence.

« Maintiens le canot contre la barque, j'ai soufflé à Phyllis. Sandoval ? Monsieur Sandoval ! »

Impossible de savoir s'il était vivant ou pas.

« Je vais le ramener à bord. Toi, essaie de récupérer son sac. »

Elle a secoué vivement la tête, mais elle a fait comme je disais.

J'ai passé une jambe par-dessus bord, je me suis avancé, j'ai mis un pied sur le canot…

« Aaah ! »

Catastrophe ! Immédiatement, le pneumatique s'est renversé. J'avais mal calculé mon coup. Je suis tombé dans le marais, et le corps de Sandoval a glissé lentement dans l'eau. J'ai aussitôt nagé vers lui pour l'empêcher de couler. L'eau était froide, comme dans mon rêve, mais cette fois ce n'était pas un rêve, et je me suis retourné pour voir si les alligators avaient senti quelque chose.

« Arthur ! »

Phyllis agitait la main vers le rivage. J'ai tourné la tête. Il n'y avait pas *un* alligator. Il y en avait une dizaine.

Garder son calme.

Surtout, garder son calme.

En quelques brasses, j'ai rattrapé le corps de Sandoval qui commençait à couler.

J'ai nagé vers la barque en essayant de le remorquer.

Je me débattais comme un beau diable.

« Remonte ! gémissait Phyllis.

– A… Attrape-le », j'ai balbutié.

J'avalais de l'eau, je crachais. Phyllis a saisi le corps par les épaules. Elle a essayé de le hisser vers elle, mais il était beaucoup trop lourd.

« Arthur, remonte, remonte ! Les alligators…

– Ils sont loin ? j'ai demandé.

– Ils arrivent, elle a pleurniché, dépêche-toi, oh, Arthur… »

Nous avons essayé encore. Je tenais Sandoval par sa veste, j'essayai de le faire monter, mais il était lourd, avec ses vêtements gorgés d'eau !

« Laissez-le ! »

Nous nous sommes tournés vers le Bunker.

Mademoiselle Grâce s'avançait sur le ponton. Elle tenait son shotgun à la main. La folie dansait dans son regard.

« Laissez-le ! Arthur, monte sur le ponton. »

Tout s'est passé très vite. Phyllis a étouffé une sorte de gémissement, a récupéré ses lunettes dans le fond de la barque et a tiré le sniper du sac de Sandoval. Puis elle l'a pointé sur MG.

« Partez, elle a hurlé, PARTEZ ! »

MG s'est figée sur place.

« Phyllis. Phyllis, mon trésor, tu as perdu la raison ?

– Je ne suis pas votre trésor », a répliqué Phyllis d'une voix blanche.

Puis elle a tiré.

MG a reculé de quelques pas. Ses lèvres remuaient, mais aucun son ne sortait de sa bouche. Phyllis l'avait manquée, évidemment. Exprès ?

« Les enfants, pour l'amour du ciel ! »

À son tour, mademoiselle Grâce a fait feu. Le coup a fusé au-dessus des eaux calmes, et un alligator a été touché. Après un instant d'hésitation, les autres ont continué de fondre sur[1] la barque.

Dans un effort surhumain, je me suis hissé à bord, manquant renverser Phyllis, Phyllis en pleurs, le sniper à la main, les yeux rivés au Bunker, à MG. Je me suis penché, j'ai attrapé Sandoval par les épaules et j'ai commencé à le tirer de toutes mes forces.

« Aide-moi, Phyllis ! »

---

1. ***Fondre sur*** : se précipiter sur.

Phyllis a hésité un instant, puis a laissé tomber le sniper et s'est mise à hisser Sandoval avec moi. Je préférais ne même pas la regarder. Je préférais ne même pas savoir ce que faisait MG.

« À la une, à la deux… »

On a fermé les yeux et on a tiré un grand coup. Le corps de Sandoval a basculé dans la barque et on est tombés tous les deux à la renverse. Les alligators étaient sur nous. La jambe de Sandoval pendait encore au-dessus de l'eau. J'ai essayé de la ramener à bord, mais l'un des alligators a été plus rapide : ses mâchoires se sont refermées sur le pied de Sandoval. Ce dernier s'est réveillé d'un coup en hurlant. L'alligator est reparti. Il tenait un bout de chaussure ensanglantée dans la gueule.

« Les enfants ! »

MG a de nouveau fait feu, touchant encore un alligator. Les autres monstres se sont dispersés. Phyllis s'est retournée, a saisi le sniper et a tiré sur MG.

« Qu'est-ce que tu fais ? » j'ai crié.

Mademoiselle Grâce a lâché son shotgun et est repartie vers le Bunker en courant. Elle a claqué la porte derrière elle. Nous étions terrifiés, complètement perdus. Sandoval tenait son pied à deux mains, du sang coulait dans le fond de la barque. Il nous a regardés, hébété[1]. Il a voulu dire quelque chose, puis ses yeux se sont révulsés[2] et il a perdu de nouveau connaissance.

« Oh merde, j'ai dit, merde ! »

Je me suis penché sur la blessure. La chaussure avait été coupée en deux, déchiquetée, il y avait du sang partout, j'en avais sur les mains, je ne savais pas du tout quoi faire. J'ai fermé les yeux et j'ai essayé de respirer lentement. Phyllis a pris les rames. J'ai senti notre barque cogner le ponton. J'ai rouvert les yeux. Phyllis s'était emparée du sniper et venait de sauter à terre.

« Mais qu'est-ce que… ? Phyllis, arrête !

– Je vais aller chercher Diana. »

---

1. ***Hébété*** : figé, sans réaction.
2. ***Se sont révulsés*** : ont roulé en arrière.

J'ai secoué la tête. La course de Phyllis sur le ponton. Un coup de feu dans la serrure de la porte d'entrée.

« Sandoval ? »

Tout son corps était agité de tremblements furieux. Je l'ai allongé sur le banc du milieu. J'ai enlevé sa veste. Elle avait un trou. J'ai soulevé le T-shirt. Il y avait un gilet pare-balles en dessous : troué lui aussi, mais la balle était restée coincée. Il n'avait été que choqué. J'ai commencé à lui balancer quelques claques. Il a tourné la tête en gémissant. J'ai levé les yeux vers le Bunker. À tout moment, MG pouvait revenir. Et qu'est-ce que je ferais si elle se mettait à me tirer dessus ?

« Phyllis ! » j'ai crié.

Pas de réponse.

Avec beaucoup de précautions, j'ai ôté la chaussette du pied de Sandoval.

Un nouveau coup de feu a retenti. J'ai sursauté.

Je ne voyais rien.

Est-ce que Sandoval était en train de mourir ? Une fois encore, je lui ai mis quelques gifles. Il a ouvert un œil, m'a regardé, s'est raccroché à moi. Je l'ai aidé à se redresser.

« Sandoval, monsieur Sandoval ? Ça va ? »

Encore un coup de feu.

Trente secondes plus tard, j'ai entendu les deux filles courir dans l'escalier. À présent, elles étaient hors du Bunker. Sur le ponton. Phyllis a ramassé le shotgun de MG. Diana tenait son oiseau mécanique serré contre elle. Ses cheveux étaient tout défaits, elle avait l'air épuisée mais, en la revoyant comme ça, après ce qui me semblait une éternité, j'ai senti quelque chose se serrer dans mon cœur.

À l'étage, une baie du séjour a coulissé.

Les deux filles se sont retournées. Un petit point rouge s'est mis à danser sur le ponton, juste devant elles. Mademoiselle Grâce les tenait en joue avec un pistolet plasma à visée laser.

« Phyllis. Lâche ces armes. »

Sandoval a murmuré quelque chose en grimaçant. Phyllis a semblé hésiter un instant, puis elle a fait passer Diana derrière elle pour la protéger et a laissé tomber le shotgun.

«Le sniper aussi, ma chérie. Oublions tout ça, je… Je vais tout vous expliquer.»

Pour toute réponse, Phyllis a levé son arme vers la fenêtre.

«NOOON!» j'ai crié.

Le reste s'est passé à la vitesse de l'éclair.

Phyllis a tiré au jugé dans la baie; le recul du sniper l'a déséquilibrée; mademoiselle Grâce a tiré à son tour, complètement paniquée. Le coup est parti trop vite. Phyllis a trébuché sur Diana. Diana a lâché son oiseau en criant. Puis elle est tombée comme une masse.

Il y a eu un silence terrible. Phyllis s'est redressée en haletant[1], son sniper toujours à la main.

Diana.

Diana avait un trou en pleine tête.

La bouche grande ouverte, mademoiselle Grâce a laissé tomber son arme. Phyllis a soulevé la main de Diana et l'a pressée contre son cœur. Elle et MG se sont mises à hurler pratiquement en même temps. On aurait dit deux bêtes blessées à mort. Phyllis s'est arrêtée la première. Elle était à genoux, elle se balançait d'avant en arrière en gémissant.

«Oh non oh non oh non.»

L'oiseau mécanique voletait autour d'elle.

À l'étage, MG avait disparu.

Sandoval était trop faible pour faire ou dire quoi que ce soit. Lentement, j'ai déroulé la corde de la barque et je l'ai accrochée au ponton. Je suis descendu et je suis passé à côté de Phyllis, qui a levé vers moi de grands yeux baignés de larmes.

«C'est un accident, elle a dit. Arthur, tu as vu? C'est un accident.»

---

1. ***En haletant*** : en respirant rapidement et bruyamment.

Je lui ai pris le sniper des mains. J'ai ramassé le shotgun de MG, je l'ai jeté dans les roseaux et je suis entré dans le Bunker. Très calmement, je suis monté à l'étage.

Mademoiselle Grâce se tenait devant la porte de sa chambre, muette, le visage dénué de toute expression. Je l'ai regardée un moment, et je lui ai tourné le dos. Je suis entré dans ma chambre. Elle était telle que je l'avais laissée. Tout ça paraissait tellement loin.

J'ai ouvert mon armoire. J'ai pris la robe de Diana, la robe toute déchirée sous ma pile de vêtements. J'ai refermé mon armoire. J'ai regardé partout autour de moi.

Il y avait des matins, ici, où les rayons du soleil paraissaient caresser chaque objet avec tendresse. Il y avait des matins silencieux où nous travaillions tous les quatre, où nous imaginions les autres travailler, et où cela nous faisait sourire. Nous pensions au marais. À nos promenades en barque. Les soirs d'excursion secrète. Regards échangés, le goût des promesses sur nos lèvres. C'était ça, le paradis. Ça avait été ça. À présent, c'était fini. Fini à tout jamais.

Je suis ressorti de ma chambre. MG s'est avancée vers moi. Elle n'était pas armée. Moi, si.

«Vous nous avez menti», j'ai dit.

Elle a tendu une main vers moi.

«Ne me touchez pas.

– Je ne voulais pas… J'ai tiré à côté… Elle a trébuché…

– Si vous me touchez, je vous tue.

– Attends, je…

– Vous ne nous avez jamais aimés. Tout ce que vous avez voulu faire, c'est nous posséder.»

Elle a secoué la tête, le visage décomposé.

«Non! Bien sûr que non, qu'est-ce que tu vas t'imaginer? Arthur, mon petit.

– Je pars.

– Arthur.»

Je serrais la robe de Diana contre moi.

«Arthur, je t'en supplie. Écoute, ce n'est pas ce que tu crois, il y a…

– Vous avez tué Diana. Vous êtes folle, vous… Vous me faites peur.»

Elle a voulu répondre quelque chose, mais je n'ai rien entendu. Je l'ai frôlée, sniper braqué sur elle. J'aurais pu la tuer. Je ne l'ai pas fait.

Je suis redescendu par l'escalier central. Je suis sorti du Bunker. Phyllis avait installé Diana dans la barque. Sandoval commençait à reprendre ses esprits, mais il frissonnait, comme quelqu'un qui a beaucoup de fièvre.

Je suis monté à bord à mon tour.

À quatre, on était très serrés. Je n'arrivais pas à croire que Diana était morte.

Phyllis et moi, on a pris les rames. J'ai détaché la corde, et on est partis sur le marais.

«Qu'est-ce qui s'est passé? demandait sans cesse Sandoval. Mon Dieu!»

Le corps de Diana gisait à l'arrière, les bras ballants. J'avais posé sa robe sur son visage. L'oiseau mécanique était perché sur un rebord et la regardait avec attention en penchant un peu la tête.

Une dernière fois, je me suis retourné. Mademoiselle Grâce se tenait sur la terrasse, immobile. Je me suis dit qu'on aurait pu détacher l'autre barque pour qu'elle ne nous poursuive pas. Maintenant, c'était trop tard.

«Zrouïk», a fait tristement l'oiseau mécanique.

***

J'ai dû m'arrêter un moment d'écrire. Merde. Je n'ai même pas de mouchoir.

Quand on est arrivés sur l'autre rive, Jester n'avait toujours pas réapparu. On a expliqué à Sandoval ce qui s'était passé. J'avais l'impression qu'il était trop mal en point pour nous en vouloir.

On a caché la barque au milieu des roseaux, on a soulevé le corps de Diana, on l'a porté jusqu'à l'endroit où il y avait la première tombe, près du grand arbre, et on a installé Sandoval dans un coin. Deux de ses orteils avaient été arrachés. D'une certaine façon, il avait eu de la chance. On l'a aidé à trouver des médicaments dans son sac. On l'a soigné comme on pouvait. On l'a fait manger un peu. Il nous regardait avec de grands yeux pleins de reconnaissance. Il avait du mal à parler. Ça nous arrangeait. Pour finir, il s'est endormi.

Phyllis et moi, on s'est mis à creuser une tombe.

Ça nous a pris plusieurs heures. On n'avait aucun outil, à part la crosse du sniper de Sandoval et un petit piolet qu'on avait trouvé dans son sac.

Quand on a eu terminé, on a étendu la robe de Diana au fond, bien étalée. Puis on a couché Diana sur la robe. Phyllis n'arrêtait pas de pleurer. Le soir commençait à tomber, on avait complètement perdu la notion du temps.

On est restés un long moment à regarder Diana, allongée dans son trou. On n'avait pas le courage de faire quoi que ce soit. Elle était tellement belle. Vous ne pouvez pas imaginer. Ses yeux étaient grands ouverts. On aurait dit qu'elle souriait.

Zrouïk, faisait l'oiseau mécanique en voletant au-dessus de sa tombe.

Pour finir, je me suis levé, j'ai ramassé une grosse poignée de terre et je l'ai jetée sur Diana. L'oiseau s'est posé sur le bord du trou. J'ai jeté une autre poignée, et encore une autre. J'ai poussé la terre avec mon pied. Phyllis est venue pour m'aider. En quelques minutes, tout le corps de Diana a été recouvert, à l'exception de son visage. Ça faisait tellement mal de voir ça, et, en même temps, j'avais l'impression de ne plus rien ressentir, d'être complètement engourdi. Tout ce que je percevais, c'était l'oiseau qui, de temps à autre, agitait ses petites ailes, tournait vers nous sa petite tête et faisait zrouïk.

« Salut, l'oiseau », j'ai dit.

Je me suis baissé, je l'ai pris dans mes mains et je me suis penché sur la fosse. J'ai regardé le visage de Diana. Il y avait un trou juste au milieu de son front. Je l'ai embrassée sur le bout du nez, j'ai placé l'oiseau mécanique entre ses mains, après avoir creusé un peu la terre, et j'ai cherché du doigt le mécanisme pour l'arrêter. Mais il a secoué la tête et a agité les ailes en projetant un peu de terre partout. Il ne voulait pas que je l'arrête. Alors je n'ai rien fait. Je l'ai juste laissé entre les mains de Diana, je me suis relevé et j'ai fini de les recouvrir de terre, lui et sa maîtresse.

Phyllis m'a regardé faire sans réagir. Elle était agenouillée, prostrée comme une statue.

Quand ça a été terminé, j'ai étalé un peu la terre avec le plat de la main. Je n'ai pas planté de croix ni rien. J'ai juste mis des branches mortes, des feuilles, pour faire comme si de rien n'était. Il me semble que c'est ça qu'elle aurait voulu.

Debout devant la tombe, j'ai forcé Phyllis à se relever. Elle pleurait, elle pleurait.

J'ai pris ses mains dans les miennes et je les ai serrées très fort.

« C'est ma faute, a dit Phyllis.

– Non. Bien sûr que non.

– Tu sais très bien que c'est ma faute. Jester, c'est ma faute. Diana, c'est ma faute.

– Arrête. Jester n'est pas mort.

– Si, il est mort. J'avais aussi rêvé que Diana mourait. Seulement, je ne savais pas que je… que je… »

Elle n'a pas pu terminer sa phrase. Elle a lâché mes mains, elle est retombée à genoux devant la tombe de Diana.

***

Après ça, on a monté la tente. On a mis Sandoval à l'intérieur, et Phyllis n'a pas tardé à s'endormir à ses côtés. Et moi, dehors, dans la nuit qui commençait à tomber, j'ai écrit, écrit, écrit. Et ravalé mes larmes. J'avais le sniper posé à côté de moi, mais je sentais que je n'aurais pas à m'en servir. Écrire, ça peut vous sauver la vie, des fois.

Vers neuf heures, j'ai entendu du bruit sous la tente. Je me suis approché, j'ai passé la tête. Sandoval venait de se réveiller.

« Ça va ?

– Ça pourrait être pire, il a chuchoté. Je crois que les médicaments m'ont un peu requinqué[1]. Aucune nouvelle de Jester ? »

J'ai secoué la tête.

« Monsieur Sandoval, où est votre vaisseau ?

– Oh… Près de cette espèce d'étang, sous la falaise…

– Le lac Noir ? Avec des eaux toutes sombres ?

– Ça doit être ça.

– Il faut qu'on retrouve Jester et qu'on parte d'ici. »

Il s'est redressé sur un coude.

« Je suis parfaitement d'accord avec la deuxième partie de ton plan.

– Quoi ?

– Écoute, Arthur. Je ne sais pas ce qui est arrivé à ton ami, mais je suis sûr d'une chose : nous ne risquons pas de le retrouver.

– Je…

– Je sais ce que tu penses. Mais ouvre les yeux. Votre amie est morte. Je suis assez mal en point. Cette mademoiselle Grâce est très dangereuse. Elle est armée. Elle nous a déjà tiré dessus à deux reprises. Elle n'hésitera pas à recommencer. Nous allons partir d'ici et nous reviendrons avec des renforts. Jester a déjà passé quelques nuits dehors, non ? Il s'en tirera.

– Vous ne pouvez pas appeler des renforts avec la radio de votre vaisseau ?

– Avec les tempêtes de sable, les transmissions sont systématiquement brouillées dans cette région. »

J'ai réfléchi un moment. Laisser Jester ?

1. ***M'ont un peu requinqué*** : m'ont rendu un peu d'énergie (familier).

«À moins que nous ne le retrouvions avant d'arriver au vaisseau, a conclu Sandoval, je ne vois malheureusement pas d'autre solution.»

À son tour, Phyllis s'est réveillée.

Dans un sens, Sandoval avait raison. La nuit était là, la Nuit de Phobos, et MG était certainement à notre recherche, armée et solitaire, et je n'avais qu'une envie, c'était quitter cet endroit. Pourtant, je ne pouvais pas m'empêcher de penser à Jester.

Qu'est-ce qu'il allait penser quand il verrait le vaisseau décoller sans lui ?

Je me suis levé. J'avais besoin d'être un peu seul. Pour réfléchir. J'ai fait quelques pas sous les arbres. J'ai entendu Sandoval échanger quelques paroles avec Phyllis. Je me suis passé une main sur le visage.

Arthur.

J'étais tellement fatigué.

Arthur.

J'ai sursauté. Je n'avais pas rêvé. Quelqu'un avait prononcé mon nom.

Arthur.

Un chuchotement. Un frémissement, là, tout proche. La Voix ?

«Quoi ? Quoi ? Qui… Qui êtes-vous ?»

Arthur, c'est maman.

Ne pas crier. Ne pas céder à la panique. Revenir calmement sur mes pas. Retrouver les autres.

J'ai passé la tête par l'ouverture de la tente. Leurs visages se sont tournés vers moi.

«Il y a quelqu'un dehors, j'ai dit.

– Quoi ?

– Dans les fourrés. Il y a quelqu'un. Quelqu'un m'a parlé.»

Les yeux de Phyllis ont brillé dans le noir. Sandoval a soupiré, a pris son sniper, s'est levé et est sorti de la tente clopin-clopant.

«Par là, j'ai dit en montrant l'endroit du doigt.

– Ne bougez pas», il nous a dit.

Je me suis assis devant la tente. Phyllis s'est installée près de moi.

«C'était la Voix ?» elle a fait.

J'ai hoché la tête.

Arthur. C'est maman.

«Phyllis, tu te souviens, quand tu disais que la Voix dans la forêt, c'était notre mère ?»

Elle a pris un air étonné.

«J'ai dit ça ?

– Oui, tu as dit ça.»

Elle a reniflé, et m'a regardé avec un pauvre sourire.

«Oh, je ne sais pas. Je… Je mélange tout, je deviens folle. Et moi qui t'ai demandé d'écrire un journal.

– Je l'écris toujours.

– On était tellement bien, elle a dit. Tellement bien.

– Il fallait qu'on parte.

– …

– On ne pouvait pas rester éternellement dans le Bunker, Phyllis. Même si on était bien tous les quatre. Même si le temps ne semblait pas s'écouler. La vie, c'est pas ça. C'est pas attendre un truc qui ne viendra jamais.»

Elle m'a souri de nouveau.

«Toi, Arthur, tu sais ce que c'est que la vie, hein ?

– La vie, c'est pas dans un cratère, j'ai dit. Je veux aller à Deimos II.»

Sandoval est revenu.

«Alors ?

– Rien vu. Nous allons devoir faire des tours de garde.

– Je prends le premier, j'ai dit.

– Mais tu…

– Je prends le premier.»

Je leur ai fait comprendre qu'il était inutile de discuter. Ma fatigue avait disparu. Je me trouvais au-delà de la fatigue. Et puis, j'avais besoin de réfléchir encore.

Sandoval s'est passé une main sur la nuque, et a fini par acquiescer. Phyllis et lui sont rentrés se coucher, et j'ai recommencé à monter la garde, enroulé dans une couverture, avec le sniper et mon naviborg. Je finis de taper ces lignes. La forêt est silencieuse.

Jour 13

Une voix me réveille.

Arthur.

Je me suis endormi pendant mon tour de garde : le nez sur le naviborg. Malgré la couverture, il commence à faire très froid. J'attrape mon sniper.

À quelques mètres devant moi se tient la chose la plus étrange que j'aie jamais vue de toute ma vie. Une créature ratatinée sur une sorte de fauteuil roulant, un fauteuil tout petit, un fauteuil de bébé. Ses bras sont atrophiés[1], ses jambes aussi, couvertes de cicatrices. La créature porte un masque maya, un masque de dieu ancien, souriant et doré, gravé d'un grand X – un peu comme ceux que nous avons au Bunker. Impossible de dire si c'est un homme ou une femme. Le fauteuil, lui, est surchargé de branchages entrelacés et de tubes en caoutchouc qui font comme de petites arches. La créature tient un pistolet plasma à la main, le même que celui de mademoiselle Grâce. Des fils pendent un peu partout autour d'elle, et une lampe en ferraille, accrochée au-dessus de sa tête, jette de pâles reflets sur son masque doré.

Je recule, frappé d'horreur.

La créature fait rouler son fauteuil. C'est un genre de machin tout-terrain, fait de bric et de broc. Ça grince un peu.

1. ***Atrophiés*** : d'un volume anormalement petit.

« Qu'est-ce… Qu'est-ce que vous êtes ? »

La créature pose un doigt sur le sourire de son masque.

– Chuuut, Arthur.

– Je suis armé, je dis en posant une main sur le sniper.

– Moi aussi.

– Dites-moi ce que vous êtes. »

Je chuchote malgré moi.

« Je suis… ta maman, Arthur.

– …

– Je suis oXatan.

– …

– Lâche ça, mon petit. Tu ne vois pas que j'ai un pistolet pointé sur toi ?

– Allez-vous-en !

– Cela fait si longtemps que j'attends ce moment. Avez-vous vu le petit film ?

– Partez. S'il vous plaît.

– Des années et des années passées dans cette forêt, à vous observer.

– Qui êtes-vous ?

– Tu le sais, Arthur. Au fond de toi, tu l'as toujours su. »

Dans mon dos, la tente s'ouvre. Je me retourne. La tête de Sandoval apparaît.

« Arthur ! Qu'est-ce qui…

– N'avancez pas, coasse la créature. Restez exactement où vous êtes. Je ne vous raterai pas, vous pouvez me croire.

– Mais qu'est-ce que… »

Phyllis sort à son tour.

« Ooh, toi… Toi, je te connais, fait la créature… Tu es Phyllis… »

Phyllis met une main sur sa bouche pour ne pas crier. La créature s'avance un peu. Quel masque étrange ! Comme venu du fond des temps.

«Arthur, dit-elle, amène-moi cette arme, canon baissé, voooilà. Vous, je ne sais pas qui vous êtes, j'ai vu votre vaisseau arriver, un visiteur indésirable, n'est-ce pas ? Et j'ai vu Grâce vous tirer dessus, cette chère, cette délicieuse Grâce.

– Écoutez…

– Oh ! Oh ! Non, je n'écoute plus, non, cela fait des années que j'écoute, que j'épie, que j'observe, des années que j'attends que mes chers petits enfants quittent enfin leur demeure pour venir me rejoindre, alors je savoure cet instant, vous comprenez ? Restez où vous êtes, mon cher ami. Ne bougez pas, ou je vous brûle la cervelle. Merci, Arthur (il s'empare du sniper). Merci, et maintenant, approche. Approchez, mes chers enfants.»

Quelques minutes plus tard, nous partons.

Nous partons dans la forêt : oXatan, Phyllis et moi.

oXatan nous a demandé de ligoter Sandoval, et nous l'avons fait.

oXatan ferme la marche, nous guide de la voix, la pâle lueur de sa lampe en ferraille éclaire notre chemin. Nous marchons vers son repaire, et le petit point rouge de son pistolet danse devant nous comme une luciole de l'enfer. Nous arpentons la forêt maléfique, pleine de bruits secrets, d'ombres légères, entre les mares noirâtres, les talus, les souches qui ressemblent à des monstres assoupis. Une petite pluie crépite sur les feuilles grasses. Des lianes frôlent nos visages. Nous pourrions nous enfuir, mais nous n'avons ni armes ni lumière. oXatan a jeté le sniper de Sandoval dans une ravine[1].

Phyllis a pris ma main.

Nous sommes des enfants marchant sur le chemin de nuit, accompagnés, guidés par la plus singulière des créatures, et l'obscurité nous enveloppe comme un linceul, des papillons nocturnes viennent voleter au-dessus de nos têtes, nous frôler de leurs ailes diaphanes[2].

La voix d'oXatan retentit dans le grand silence.

«Tout ce temps passé à attendre, mes petits. À observer, méticuleusement[3]. Je me demandais : "Quand donc vont-ils se décider à *sortir* ? Quand donc vont-ils enfin venir à moi ?" Oh, j'aurais pu venir vous chercher, bien entendu. Mais j'ai été malade, très malade. Et quel meilleur endroit que cette forêt pour ma convalescence ? Le temps jouait pour moi. Tôt ou tard, vous sortiriez, je le savais. C'est le paradoxe de tous les paradis : vous y êtes si bien que vous voulez partir. J'ai laissé ce film à votre attention, pour que vous vous souveniez. Vous avez trouvé le microdisk, n'est-ce

---

1. *Ravine* : lit d'un ruisseau, d'un torrent.

2. *Diaphanes* : qui laissent délicatement passer la lumière.

3. *Méticuleusement* : avec une grande attention.

pas ? Ah, j'ai vu aussi que l'un d'entre vous était mort, petite et toute frêle Diana, quel désastre, oh, j'en ai été très triste, croyez-moi : une mère pleure amèrement lorsque l'un de ses enfants vient à disparaître. Vous avez pleuré aussi ? »

Nous ne répondons pas.

« VOUS AVEZ PLEURÉ AUSSI ? »

Elle hurle, cette fois-ci.

« Oui.

– Oui, dit Phyllis.

– Trèèès bien. Heureusement, il y a votre ami Jester.

– Jester ? Vous savez où il est ?

– Patience, mon petit, patience ! »

Patience !

Dans la nuit immense du cratère, nous marchons longtemps, hébétés, les yeux gonflés de fatigue. oXatan continue de parler. oXatan nous explique ce jour où la cuve s'est ouverte. Nous avions trois ans. La cuve était programmée pour s'ouvrir automatiquement le jour où nous serions prêts. « À l'époque, nous dit la créature, je ne m'appelais pas encore oXatan. J'étais un homme, un homme tout simple dont le nom n'a plus d'importance aujourd'hui. »

Phyllis et moi échangeons un bref regard.

Armistad.

La cuve s'est ouverte, et lui nous attendait.

« Je vous ai ramenés chez moi. Je vous ai laissés entre les mains de Grâce. Et puis, je suis retourné à la cuve. Je voulais voir où vous aviez vécu. Je voulais contempler mon œuvre une dernière fois. Ça a été ma seule erreur. Grâce, Grâce la Jalouse est venue elle aussi. Sans que je m'en aperçoive. Diablesse ! Après tout ce que j'avais fait pour elle. Elle m'a tiré dessus, ooh ! Elle a cru me tuer. Mais elle n'a pas osé entrer dans la cuve pour vérifier que j'étais bien mort. Et moi je gisais là, inconscient, entre les câbles, les conteneurs, les bras mécaniques et les écrans. Au bout de vingt-quatre heures, les portes se sont refermées. C'était automatique. Une voix a retenti dans l'habitacle. La voix de l'intelligence artificielle. oXatan. Lumière tamisée. Les robots de naissance se sont mis en route. J'ai compris que j'allais passer trois ans entre ces murs. J'ai compris que j'allais devenir autre chose. Petit à petit, l'antique esprit prendrait possession de mon corps et le modèlerait à sa manière. oXatan. oXatan, ah, ah, ah ! »

Son rire, sinistre, se disperse entre les feuillages, glisse sur les talus, frôle les flaques, pénètre au plus profond de la terre, là où tout est sombre et humide.

Nous continuons de marcher. J'essaie de comprendre. Armistad et Grâce, Grâce et Armistad. La cuve. Nous sortons de la cuve, nos premiers pas dans la lumière. Armistad revient sur les lieux de notre naissance, rentre dans la cuve. Grâce essaie de le tuer. Les portes se referment. Armistad devient fou, l'intelligence artificielle s'occupe de lui, comme d'un enfant.

Bientôt, nous arrivons devant la pyramide.

Un ogre est assis sur les marches. Il se lève en nous voyant arriver, il se lève et se précipite pour aider oXatan, mais ce dernier le congédie[1] d'un geste, et sa voix résonne comme une menace :

« Va rejoindre les autres ! Je n'ai pas besoin de toi. Besoin de personne ! »

L'ogre s'exécute et disparaît à couvert.

Nous retenons notre souffle.

Je tiens toujours la main de Phyllis dans la mienne.

La Voix dans la forêt. La Voix : c'était lui, depuis le début.

Comme dans un rêve, nous gravissons le grand escalier qui mène au temple.

Deux pieds coulissants apparaissent sous le fauteuil d'oXatan, pareils à des vérins[2] articulés. Il monte ainsi, par à-coups. On dirait un scarabée, homme et machine, monstre de chair et de

---

1. ***Le congédie*** : lui dit de s'en aller.
2. ***Vérins*** : instruments formés d'un cylindre à l'intérieur duquel coulisse une tige à piston et qui servent à soulever une lourde charge.

métal, monstre tout court, son pistolet plasma à visée laser pointé sur nous, petit point rouge, nous encourageant de la voix.

« Oh hisse, mes enfants, oh hisse ! »

Nous arrivons au sommet.

« Avancez », commande la créature.

Pas d'autre choix que d'obéir.

Le couloir. Une boule se forme dans ma gorge, mes entrailles se nouent, je serre la main de Phyllis plus fort. Elle, elle regarde partout avec de grands yeux. Nos ombres tremblantes sur les vieux murs lépreux. Derrière, le crissement du fauteuil.

Nous tournons à gauche.

« Oh oui, oui, toi, mon petit, tu connais le chemin.

– Arthur ? »

L'angoisse de Phyllis est presque palpable.

Nous nous arrêtons devant l'entrée de la cuve.

« Avancez », dit encore la créature.

L'obscurité. Une simple veilleuse, petite lueur violette dans un océan de noirceur. La cuve. Je l'avais juste entraperçue la première fois, dans l'urgence, la panique. Mais je la vois mieux à présent, et c'est comme une révélation : un enchevêtrement de câbles, de pinces arrachées, de bras mécaniques, moquette, parc à nourrissons, jouets en plastique, restes de nourriture séchés, bruissements d'insectes, des plantes mortes, des panneaux fêlés, des tables lisses, noires, brillantes, des livres ouverts, des télécommandes, des animaux de synthèse, des outils de chirurgie, des emballages, une poubelle éventrée, toujours des odeurs d'excréments, de moisi, odeur de mort et là-bas, dans le fond, là-bas, une forme indistincte qui remue, qui lève un bras vers nous, qui murmure nos deux noms.

« Jester » ! hurle Phyllis en se précipitant à sa rencontre.

Elle le prend dans ses bras, le soulève presque du sol, et lui se laisse faire, inerte, les yeux mi-clos. Elle recule, essaie de le tirer vers elle, il gémit, elle se retourne, une lueur furieuse dans le regard.

« Qu'est-ce que vous lui avez fait ?

– Moi ? dit la créature. Presque rien.

– Ça va, ça va, dit Jester en se dégageant mollement. Je vais bien… très bien…

– Jester, qu'est-ce qui s'est passé ?

– Rien. Rien du tout. Je suis… rentré… à la maison.

– Quoi ? »

Je m'approche à mon tour, soulève la tête de Jester.

« Hé, Jester !

– Oh. Arthur. Mon frère.

– Jester, c'est moi.

– Je sais. Je sais que c'est toi.

– Jester, réveille-toi, qu'est-ce qui t'arrive ?

– Ça va, je te dis. Bien… très bien.

– Comment tu es venu jusqu'ici ?

– J'ai marché.

– Marché ?

– Quand je me suis réveillé, j'étais étendu devant le grillage. Je… Je savais que je devais venir ici. Maman m'a fait une piqûre… Elle était la Voix, et la Voix me parlait. La Voix…

– Tu te souviens de ce qui s'est passé avant ?

– Je ne sais pas. Pas très bien. Vous êtes mes frère et sœur. Où est Diana ? »

Personne ne répond.

« Tu ne te souviens de rien, hein ? Jester ? T'es drogué ou quoi ? »

Il s'agrippe à mon épaule, montre la créature du doigt.

« C'est maman, il dit.

– Hé ! Je le secoue, passe une main dans ses cheveux tout défaits. Hé, arrête, c'est pas maman, c'est Armistad, c'est…

– Hiiii ! »

Le hurlement de Phyllis. Je me redresse, lentement. La créature vient de tirer un coup de pistolet plasma. J'ai presque senti le rayon me frôler.

« Ne prononce plus jamais ce nom, ordonne la créature.

– Je…

– Maman est gentille, marmonne Jester à mes pieds, pleurnichant et ricanant à la fois, elle s'est occupée de tout, de tout, elle nous a montré des films, elle nous a soignés, nous avons joué avec elle, elle nous a donné à manger et à boire, elle nous a appris le monde, les oiseaux, les étoiles, elle nous a offert tout ce qu'elle pouvait, elle nous a fait naître, elle a arrangé les rencontres entre chaque petite cellule pour que nous devenions des embryons et que nous grandissions et grandissions encore et…

– FERME-LA ! »

Je viens de crier.

Poings serrés, je me retourne vers la créature.

Phyllis me regarde, regarde Jester, fait quelques pas vers moi.

« Du calme, Arthur. »

C'est bien la dernière chose que je m'attendais à entendre de la part de Phyllis.

Elle me fait un clin d'œil. Pivote sur ses talons, marche tranquillement vers la créature.

« C'est Jester qui a raison, elle dit. oXatan est notre mère. »

Elle s'agenouille devant le fauteuil, enserre les jambes atrophiées de la créature.

« Maman, elle commence, maman. »

À cet instant, je me dis que je suis en train de devenir fou.

Puis, en un éclair, je vois la main de Phyllis glisser vers le pistolet plasma et s'en emparer, je la vois se relever et reculer d'un pas, je la vois pointer son arme vers la créature, tremblant de tous ses membres.

J'avance à ses côtés.

« Mes enfants, marmonne oXatan. Non, arrêtez !

– Nous ne sommes pas vos enfants, dit Phyllis.

– Qu'est-ce que vous avez fait à Jester ? C'est quoi, cette piqûre ?

– Rien… rien, rien, gémit la créature. Il était malade, je l'ai soigné et… »

Soudain, Phyllis se retourne, tombe à la renverse : Jester, qui s'est relevé en silence et que nous n'avons pas entendu, vient de la ceinturer. Ils tombent à terre tous les deux, on ne voit rien, j'essaie de m'en mêler mais, très vite, c'est lui qui a le dessus. Il a toujours été le plus costaud.

Il se redresse, pistolet plasma en main, et recule de quelques pas, vers la chose, vers oXatan.

« Maman », il dit.

Il lui tend l'arme.

La créature lui caresse la joue, puis pointe l'arme dans notre direction.

« Vous allez me le payer. Bande de petits ingrats, vous allez me le payer. Vous ne savez pas. Vous avez oublié ce que c'était que rester trois ans dans une cuve ! Vous n'étiez que des nourrissons. Vous ne savez pas ce que c'est que de revivre son enfance ! Et puis errer dans la forêt, errer des siècles et des siècles, sans pouvoir vous rejoindre !

– C'est vous qui nous avez fait naître ici, réplique Phyllis d'une voix blanche.

– Silence ! Silence, petite insolente. Qu'est-ce que tu crois ? Que j'ai fait tout ça pour m'amuser ? Je suis votre mère, ne l'oubliez pas, jamais.

– Vous mentez », je dis.

Impossible de savoir ce qui se passe derrière ce masque.

« Je vais te montrer ce qu'il en coûte…

– Lâche cette arme, Armistad. »

Mademoiselle Grâce !

Cette voix… Mademoiselle Grâce, dans l'encadrement de la porte, son shotgun à la main.

La créature émet un sifflement déplaisant en se retournant sur son fauteuil. Jester commence à pleurer, comme un gamin. Phyllis me prend la main.

« Toi, murmure oXatan. Toi !

– LÂCHE CETTE ARME ! » hurle MG.

La créature obéit. Le pistolet plasma tombe à terre. Mademoiselle Grâce se baisse prestement pour le ramasser. Silence.

« J'aurais dû te tuer.

– F… Folle.

– J'aurais dû te tuer, mais le fond de pitié que je gardais pour toi m'en a empêché. Cent fois, j'ai eu l'occasion de t'abattre.

– Oooh.

– C'est ça, gémis, tu gémis, et moi j'ai tout fait, tout fait pour que les enfants ne sachent rien. Tout fait pour qu'ils grandissent normalement.

– Tais-toi ! Tu n'es pas leur mère, c'est moi ! Moi qui les ai créés ! Tu n'as pas le droit ! éructe[1] oXatan, tandis que Jester vient se réfugier entre ses bras.

– Lâche-le, dit MG. Lâche Jester. Laisse-le partir. »

Jester relève la tête.

« Je ne le retiens pas, dit la créature d'une voix douce. C'est lui qui est venu à moi.

– Jester ! Lève-toi, va rejoindre Arthur et Phyllis, c'est un ordre. »

Nous ne comprenons plus rien. Mademoiselle Grâce nous fait signe de nous approcher. Sous la menace de son arme, Jester nous rejoint. MG nous fait passer derrière elle, elle nous surveille du coin de l'œil. Nous pourrions en profiter pour nous enfuir, mais nous ne bougeons pas. Peut-être nous tirerait-elle dessus. Impossible à dire.

« Tu es un monstre, Armistad. Un monstre.

– Ne prononce pas ce nom. Diablesse ! »

MG secoue la tête.

« Tu t'appelles Armistad. Erwin G. Armistad, avec un "G" comme Gettleheim.

– Tais-toi.

– Tu es né en 2471, sur Terre. Tu as fait fortune dans le cinéma, et puis tu es devenu à moitié fou parce que tu étais stérile, irrémé-

---

1. ***Éructe*** : ici, grogne.

diablement stérile. Tu ne pouvais pas avoir d'enfants, alors tu t'es mis en tête d'en fabriquer toi-même. Tu as inventé ce personnage de savant, qui était toi, et qui était un autre. C'est à cette époque que nous nous sommes rencontrés, tu t'en souviens ?

– TAIS-TOI ! TU ES COMPLÈTEMENT FOLLE ! »

Mais mademoiselle Grâce continue, imperturbable.

Elle raconte tout. Les ennuis de justice d'Erwin Armistad. La pyramide, construite au Mexique. Le film, la folie, l'amour qu'elle lui voua, malgré elle, malgré le monde. Le projet oXatan. Les cuves. Les menaces du Comité d'Éthique. L'interdiction du film. La fuite sur Mars. Et l'amour, toujours, le mariage, envers et contre tout. La pyramide, la dernière cuve, la pyramide, démontée pièce par pièce et remontée à l'intérieur du cratère. Les ogres, récupérés pour servir d'esclaves, habitués à obéir à la voix d'Armistad depuis le tournage d'oXatan. La solitude. La solitude et l'attente. Seuls, au milieu de nulle part. Les colères d'Armistad. Les cauchemars. Et les enfants dans la cuve : dernier espoir. Erwin G. Armistad, le savant fou, le scientifique, le cinéaste maudit. Le génie ? Erwin Armistad, les yeux toujours fixés sur la pyramide, attendant que la cuve s'ouvre enfin et libère les quatre enfants conçus en ses ténèbres.

Et lorsque, après notre « naissance », MG, qui a suivi Armistad à son insu[1], regarde, horrifiée, l'homme de sa vie entrer dans la cuve, pleurer de joie, se rouler au sol, saisir les câbles, caresser les écrans, palper les consoles et le plastique bombé des couveuses, elle comprend que tout est fini, que les enfants n'auront pas la moindre chance avec lui, qu'ils deviendront comme lui, oui, il les dévorera, son amour les dévorera. Alors elle décide de lui tirer dessus : elle le laisse pour mort, elle ne veut plus rien savoir, la cuve va se refermer, la cuve sera son tombeau.

Silence.

La suite, nous la connaissons.

---

1. ***À son insu*** : sans qu'il s'en aperçoive.

Armistad survit. D'une manière ou d'une autre, il vend son âme à la machine. Seul moyen de s'en sortir : accepter de redevenir un enfant. Accepter que la machine le mutile[1], le prenne en charge, lui montre des idels, le nourrisse, le soigne, lui raconte des histoires. *Comprendre* la machine. Ne plus faire qu'un avec elle. Laisser oXatan le posséder.

Un jour, au bout de trois ans, les portes s'ouvrent de nouveau.

Une créature sort de la cuve. Erwin G. Armistad n'est plus. oXatan a pris sa place. Un dieu imaginaire, une sorte d'homme-machine, cyborg[2] aux membres atrophiés, remplacés, se déplaçant sur un petit fauteuil roulant. oXatan, le maître des ogres robots, la Voix dans la forêt. Je comprenais tout, à présent. C'était lui qui, lorsque je m'étais enfui, avait demandé à ses esclaves de m'amener à la pyramide.

« Pourquoi est-ce que je ne te tue pas ? demande mademoiselle Grâce en pleurant. Pourquoi est-ce que je n'y arrive pas ? Je suis tellement fatiguée. Comment ai-je pu t'aimer ? Je n'en sais rien. Toutes ces années, tu étais là, et je te sentais, tapi dans la forêt, à nous épier, à regarder les enfants grandir. Et moi j'inventais des histoires. Je leur disais quel homme merveilleux tu avais été. Je leur racontais que tu avais péri par accident, que les alligators t'avaient mangé. Tout ce que la machine leur avait raconté, je ne faisais rien pour le contredire. Je ne *voulais* pas qu'ils sachent. Je voulais qu'ils pensent que leurs parents avaient vraiment existé. Jamais je ne leur aurais dit qu'ils étaient nés dans une cuve. À présent…

– Tais-toi, Grâce. Tais-toi, tu as échoué. Tu voulais prendre ma place, mais tu as échoué. C'est moi, la mère des enfants.

---

1. ***Mutile*** : ici, déforme.
2. ***Cyborg*** : mot composé de « cyber » (de cybernétique, science qui s'intéresse à la façon dont l'information circule et s'organise chez les êtres vivants mais aussi à l'intérieur des machines) et d'« org » (abréviation d'organisme). Dans la littérature de science-fiction, un cyborg désigne donc une sorte d'« homme-machine ».

– Arrête. »

Elle braque son shotgun sur lui.

Nous la regardons, bouche bée.

Elle nous demande de sortir du temple. Nous obéissons. Nous voici sur l'esplanade, Jester, Phyllis et moi, et le vent nous gifle le visage. Il fait froid, le jour va bientôt se lever. Toute la forêt s'étend à nos pieds. En marchant à reculons, mademoiselle Grâce nous rejoint. Tout ce à quoi nous avons cru était faux. Nous nous sommes trompés sur elle. Nous nous sommes trompés sur le monde. Nous nous sommes trompés sur nous.

Nous regardons le cratère. À l'horizon, une ligne jaune orange annonce l'aube.

MG se tient à nos côtés, shotgun baissé.

Elle a l'air épuisée, ailleurs. Elle se mord les lèvres, nous jette un regard inexpressif.

« Où s'est posé le vaisseau ? »

Je désigne le lac Noir au loin.

« Pourrez-vous jamais oublier ? »

Phyllis ne dit rien. Jester reste immobile, perdu dans ses pensées. Je hausse les épaules.

« Cet homme, qui est venu. Vous vous demandez pourquoi j'ai tiré sur lui. Je pensais… Je pensais qu'il venait vous arracher à moi. Je ne voulais pas que tout cela s'achève. Je voulais que vous restiez pour toujours. J'étais… J'étais en train de devenir comme Armistad.

– …

– J'étais dans l'erreur. Depuis le début, j'étais dans l'erreur. Nous aurions dû partir tout de suite. Deimos II ou ailleurs. »

Debout sur la première marche, je passe une main sur mon visage.

« Vous ne pouviez pas savoir, je dis.

– Je ne voulais pas. Je vous aimais tellement. »

Elle pousse un énorme soupir. Commence à descendre le grand escalier. Se retourne.

« Dis-moi, Arthur. Cet homme…

– Sandoval.

– Sandoval, répète-t-elle d'une voix très douce. Est-ce que je l'ai… »

Je secoue la tête.

« Nous l'avons ramené avec nous. Mais oXatan… Enfin, Armistad nous a obligés à le ligoter et… Je crois que nous devrions aller le chercher. C'est à côté de la tombe de… de Diana. Jester exprime un haut-le-cœur. »

MG a un sourire triste, très triste, pose les yeux sur Phyllis, qui détourne la tête.

« Phyllis ?

– Laissez-moi.

– Tu ne me pardonneras jamais, n'est-ce pas ? »

Pas de réponse. Nous descendons les marches de la pyramide et nous nous enfonçons dans la forêt.

Quelque temps plus tard, alors que nous marchons tous les quatre vers le lac Noir où se trouve le vaisseau de Sandoval, Jester nous fausse compagnie. Au détour d'un sentier, sans prévenir, il disparaît dans les fourrés. MG se lance à sa poursuite, sans résultat. Phyllis et moi, nous nous regardons.

« Ça va ? »

Elle me fait signe que oui.

Quelques instants plus tard, mademoiselle Grâce revient, seule.

« Il est probablement retourné à la pyramide, dit-elle, très lasse. C'est cette drogue qu'il lui a injectée.

– Vous croyez que nous devrions… »

Elle sort le pistolet plasma d'Armistad de son manteau.

« Armistad n'a plus d'arme. »

Nous nous remettons en route.

« Trouvons d'abord le vaisseau, dit MG. C'est fini, je n'essaierai plus de vous retenir de force au Bunker. Votre vie ne fait que commencer, vous avez droit à autre chose. »

Au sol, des goyaves écrasées répandent une odeur douceâtre, qui se mêle à d'autres senteurs : senteurs de la terre. Parfums de vanille et de pluie. Le soleil se lève. Un nouveau jour commence. Nous marchons.

«Vous ne dites rien», soupire MG.

Phyllis regarde ses souliers.

J'ouvre la bouche, la referme.

Qu'est-ce que nous pourrions dire ? Tout a changé. Nous sommes nés dans une machine. Notre enfance tout entière n'a été qu'un mensonge. Est-ce que la faute en revient à MG ? Je n'en sais rien. Je ne crois pas. Elle a fait ce qu'elle a pu pour nous épargner. Mais Diana est morte, maintenant. Je la regarde, notre vieille mademoiselle Grâce, je la regarde ouvrant la route, son shotgun à la main, ses bottes crottées, sa silhouette voûtée, presque cassée en deux. Le mal est fait depuis longtemps.

« Mademoiselle Grâce ?

– Oui ?

– La légende d'oXatan… »

Elle se retourne, le visage creusé de fatigue.

«Tu aimerais la connaître ?»

Et elle se met à parler, avançant toujours. Sa voix s'élève dans l'aube et nous écoutons, nos pieds butant sur des racines, frissonnant sans trop savoir pourquoi, nous écoutons l'étrange histoire…

Il était une fois un homme nommé oXatan qui, à cause de la malédiction d'une sorcière, ne pouvait avoir d'enfants. Si grande était la peine de cet homme qu'il avait bâti une énorme pyramide, pensant ainsi oublier son amertume. Les ogres, ses fidèles serviteurs, n'obéissaient qu'au son de sa voix. Ils travaillaient pour lui, et ne le décevaient jamais. Mais cela ne suffisait pas à apaiser sa douleur, et, un jour, oXatan décida d'en finir avec la vie et de se jeter dans un lac. Sur le chemin il rencontra un dieu aveugle et lui confia son infortune[1]*. Dans sa grande sagesse, le dieu aveugle lui remit quatre graines (« une pour chaque pointe du X de ton nom, et toi, toi tu restes au croisement ») puis lui conseilla d'accepter son chagrin au lieu de le fuir.*

Rentré chez lui, au cœur de sa pyramide, oXatan laissa enfin couler ses larmes. Les graines ainsi humectées se mirent à pousser, pousser dans les entrailles de la pyramide, jusqu'à devenir des arbrisseaux. oXatan était heureux : dans son cœur, les arbrisseaux avaient remplacé les enfants. Quant aux ogres, ils continuaient à le servir, fidèles et dévoués.

Mais, un jour, une étrangère se présenta devant la pyramide et s'adressa en ces termes au maître des lieux : « Malheur sur toi, oXatan, car dans ta grande solitude tu t'es refermé sur ton maigre bonheur, et tu as oublié le monde ! Ne comprends-tu pas que le désir mène à la mort ? » Ayant parlé, l'étrangère disparut. Pris de panique, oXatan voulut se lancer à sa poursuite, mais, arrivé dehors, il se rendit compte avec effroi qu'il était devenu aveugle à son tour.

Alors il rentra chez lui, déracina les arbrisseaux et les planta à l'extérieur, afin qu'ils puissent jouir enfin de la lumière du soleil. Puis il rendit leur liberté aux ogres. Lentement les arbrisseaux se transformèrent et, peu à peu, devinrent des enfants. Le vent dans les branchages avait l'éclat de leurs rires. oXatan comprit que la sorcière lui avait donné la plus précieuse des leçons, et qu'il était désormais le dieu de la pyramide, le dieu aveugle qui, peut-être un jour, sauverait les hommes de leurs funestes[2] *désirs.*

... et, pour une raison que nous ne nous expliquons pas, Phyllis et moi sentons les larmes nous venir aux yeux, nous n'osons pas nous regarder, ne le faisant qu'une fois, au moment où l'histoire se termine.

---

1. ***Infortune*** : malheur.
2. ***Funestes*** : qui portent malheur.

Enfin, nous arrivons sur un terre-plein. Tout de suite, nous le voyons : le vaisseau de Sandoval. Derrière, les eaux du lac Noir. Derrière encore, les hautes falaises du cratère. Leur ombre immense s'étend sur nous comme un linceul. C'est très beau, silencieux. J'ai un peu peur. Nous n'avions encore jamais vu le lac Noir en vrai. MG se tourne vers nous.

« Restez ici, elle dit. Je vais vous laisser le pistolet plasma et partir à la recherche de monsieur Sandoval.

– Vous allez... »

Elle nous regarde avec tristesse.

« Pour qu'il vous emmène loin d'ici. »

Nous nous approchons du vaisseau. Deux ogres rôdent autour de lui : deux monstres bleu nuit, aux bras énormes, au regard idiot. Ils ne bougent pas en nous voyant arriver.

« Ouste ! leur crie MG en faisant mine de leur tirer dessus, allez-vous-en ! »

Ils ne bougent toujours pas.

Les eaux du lac Noir sont parfaitement lisses. Quel endroit ! Rien que de la rocaille, et cet étang, on dirait un miroir. Le vaisseau est posé juste au bord.

« Allez ! Déguerpissez ! »

MG tire un coup en l'air pour effrayer les ogres. Ils s'écartent avec nonchalance[1].

Il y a encore plein de questions que je voudrais poser. Nous sommes des androïdes, n'est-ce pas ? Nous avons des pouvoirs. Non ? Je ne sais pas. Nous étions quatre, les quatre enfants d'oXatan, un pour chaque pointe du X de son nom. Je regarde les ogres, mademoiselle Grâce au bord de l'eau agitant son shotgun, et Phyllis, toujours sage, et je me demande si je n'ai pas rêvé tout ça, si c'est ainsi que l'on sort de l'enfance, je pense à notre baiser, à son sourire de grande personne, je pense à ce qui serait arrivé si nous n'étions jamais sortis de l'Éden, nous aurions pu passer

---

1. ***Nonchalance*** : mollesse.

le reste de notre existence dans cet endroit, la vie aurait été très différente sans doute, mais c'est terminé, c'est terminé maintenant… Et soudain, je le comprends vraiment, je le comprends avec horreur, mon cœur se brise dans ma poitrine au moment précis où je vois mademoiselle Grâce tourner la tête vers moi et me tendre la main, lâcher son shotgun et basculer en arrière dans les eaux du lac Noir.

Alors seulement j'entends la détonation.

Alors seulement je vois la blessure : une balle en pleine poitrine.

Je me retourne. Sandoval sort des fourrés, son sniper à la main, il court en boitillant vers nous, il crie quelque chose, Phyllis et moi, nous nous regardons, interdits[1], et derrière nous les eaux du lac s'animent d'un coup, les ogres font de grands gestes, et nous voyons un énorme alligator fendre l'onde, un véritable monstre, et le corps de mademoiselle Grâce flottant à la surface, et Sandoval qui continue de crier et de courir, Jester se tient derrière lui, immobile, le visage vide, et les ogres s'écartent du rivage en glapissant[2], et l'alligator fond sur sa proie comme un démon, et je prie de toutes mes forces, je vous jure que je prie pour qu'elle soit déjà morte lorsque les mâchoires du monstre se referment sur elle et qu'elle disparaît sous la surface dans un tourbillon d'écume cendreuse, sanglante, et Sandoval arrive vers moi, et me retient au moment même où je m'apprête à tomber à mon tour, le corps privé de forces, l'esprit vide.

« Ça va ? il halète. Arthur, ça va ? Vous n'avez rien ? »

Je le regarde, essaie de sourire.

« Elle voulait vous tuer, n'est-ce pas ?

– Non.

– Elle voulait…

– Non. Elle… Elle voulait.

1. ***Interdits*** : immobiles sous l'effet de la stupéfaction.

2. ***En glapissant*** : en poussant des cris brefs et aigus (comme le font les chiens).

– Elle voulait vous abattre ! C'est pour ça qu'elle vous a emmenés ici. Dites-le, que c'est pour ça ! »

Je secoue faiblement la tête.

« Quoi ? Arthur, *quoi* ?

– Elle… Elle ne voulait pas nous tuer, dis-je. Elle voulait… venir vous chercher et que… que nous partions avec vous.

– Mais Jester m'a dit… »

Il pâlit, se retourne, regarde Jester, qui se tient debout, muet, les bras le long du corps.

« Non, murmure Sandoval. Non, ce n'est pas vrai. »

Il pose mon sac à mes pieds. Mon sac si précieux.

Il s'avance vers Jester.

Derrière nous, les eaux du lac Noir sont redevenues calmes.

« Le lac des rêves. »

Jester se met à pleurer. Les ogres se regroupent, j'ai l'impression que quelqu'un a crié. Jester pleure toutes les larmes de son corps. Il semble se rendre compte de ce qu'il a fait. Phyllis et moi, nous nous approchons à notre tour.

« Nooon », gémit Sandoval, effondré.

Jester est allé le délivrer et lui a dit que MG voulait nous tuer. Sandoval l'a cru. Sandoval a retrouvé son sniper. Sandoval a couru comme il pouvait, avec son pied blessé.

Et puis, voici que quelque chose de brillant me frappe le coin de l'œil. Voici qu'un éclair m'aveugle et que je tourne la tête. Armistad ! Armistad vient d'apparaître à l'autre bout du terre-plein. Petite silhouette rabougrie[1], tassée sur son fauteuil. Un masque d'or dans la lumière du matin. Immobile.

« Pardon, dit Jester.

– Quoi ? »

Sandoval a les larmes aux yeux. Il tremble de tous ses membres, secoue Jester par les épaules.

1. ***Rabougrie*** : qui a rapetissé, qui s'est ratatinée.

« Pourquoi tu as fait ça ? Pourquoi ?

– Je ne sais pas, pleurniche Jester. Je ne sais pas…

– C'est oXatan qui l'a forcé, je dis. Il est comme drogué. Vous n'y êtes… »

Sandoval ne m'écoute pas. Il se redresse, fait quelques pas en direction d'Armistad qui reste là-bas, à l'autre bout du terre-plein, entouré de ses ogres. Ses doigts s'écartent, il lâche son sniper.

Armistad ne bouge pas. Il se contente de crier.

« Mes enfants. Mes enfants, mes trésors !

– Aaah ! »

Avec une sorte de rugissement, Phyllis se précipite sur le sniper resté à terre. Sandoval pose son pied dessus.

« Assez, soupire-t-il. Assez de morts inutiles. »

Phyllis secoue le sniper, se met à pleurer. Jester se mord le poing. Sandoval ramasse son arme, marche jusqu'au vaisseau. Nous le suivons sans un mot. Jester hésite, je le pousse en avant. Nous ne savons pas où nous allons, mais nous savons d'où nous venons. Nous venons d'une cuve.

Les portes du vaisseau s'ouvrent en coulissant.

« Mes enfants ! Rejoignez maman, n'abandonnez pas maman ! »

Trois place à l'avant, trois places à l'arrière.

« oXatan vous aime, mes enfants ! »

Des androïdes. Pas des enfants : des androïdes. Phyllis et moi, nous montons à l'avant, près du pilote. Jester s'installe à l'arrière. Je serre mon sac contre moi. Qu'est-ce que nous allons devenir, tous ? Sandoval nous recommande de bien fermer les portes. Son appareil est magnifique. Tout est lisse, brillant, confortable. Sur le tableau de bord, des dizaines de petits voyants commencent à clignoter.

« Vous ne pouvez pas partir ! Vous ne pouvez pas ! J'ai bâti ce paradis pour vous ! »

Sandoval allume le moteur.

« JE SUIS OXATAN ! »

Armistad se rapproche. Les mains crispées sur ses accoudoirs, il roule vers nous, levant de temps à autre un poing vers le ciel.

«VOUS NE POUVEZ PAS ! VOUS NE POUVEZ PAS !»

Décollage vertical. Les dents serrées, Sandoval tire le levier directionnel. Notre appareil s'élève lentement, au-dessus des arbres, au-dessus du lac Noir et de ses rêves perdus, au-dessus, bientôt, de la pyramide, du royaume d'oXatan, des vallons et de la forêt, des marais et du Bunker, des tombeaux du passé. Nous quittons l'Éden. Au-dessous de nous, de plus en plus minuscule, Armistad continue de vociférer[1]. Nous montons toujours. Je regarde partout autour de moi. C'est magnifique, magnifique. Je prends la main de Phyllis dans la mienne. Ses doigts sont froids, tout raides. Je me penche vers elle, embrasse sa joue. Elle déglutit.

Sandoval, lui, regarde la ligne d'horizon. Ses yeux sont pleins de larmes.

«Mission terminée, dit-il. Cap au nord.»

Il va pour mettre les gaz…

Et sur le coup, aucun d'entre nous ne voit Jester poser ses mains sur la poignée de la porte coulissante, personne ne réagit assez vite. Lorsqu'il la tire d'un coup, il est déjà trop tard.

Un cri, un seul :

«MAMAN !»

Et le corps de Jester bascule dans le vide.

Phyllis se met à hurler.

Sandoval se retourne, notre vaisseau fait une terrible embardée[2]. Le nez collé à la vitre, nous voyons le corps de Jester tomber, tomber comme une masse, et c'est à la fois horriblement long et horriblement court, il tombe les bras le long du corps, et pour finir s'écrase au sol, à quelques mètres à peine de l'endroit où se trouvent Armistad et ses ogres.

---

1. ***Vociférer*** : crier de rage.
2. ***Embardée*** : brusque changement de direction.

Tout se brouille.

Je passe sur la banquette arrière, note des détails insignifiants, une petite tache sombre sur le similicuir[1], une mince rayure sur l'habitacle[2], Phyllis continue de hurler, le vent s'engouffre à l'intérieur du vaisseau, je referme la porte.

« Oh, merde, gémit Sandoval. Merde, dites-moi que c'est un cauchemar ! »

Je retourne à mon fauteuil.

Ni Phyllis ni moi ne pouvons prononcer la moindre parole.

Plus tard, un peu plus tard, je sors mon naviborg, je le pose sur mes genoux, je l'allume, je tape « Jour 13 ».

J'ai rêvé de la mort.

J'ai rêvé que la mort nous frappait.

Un, deux, trois.

Et quand je me suis réveillé, notre vaisseau filait toujours vers le nord.

Phyllis dort, la tête sur mon épaule.

Je regarde les dernières lignes de mon journal, brillances fugaces sur l'écran holographique.

Tout ça ne semble pas très réel.

J'avance un doigt tremblant vers la touche « Supprimer ».

---

1. ***Similicuir*** : faux cuir.

2. ***Habitacle*** : poste de pilotage.

DOSSIER

- Avez-vous bien lu ?
- Jouons sur les mots
- Des dates en désordre
- Comment vivrons-nous demain ?
- Littérature et créatures artificielles
- Interview de Fabrice Colin
- Pour prolonger la lecture

Avez-vous bien lu ?

1. Deimos II est :

A. une île

B. une planète

C. une ville

2. Qui a « rêvé de la mort » ?

A. Arthur

B. Phyllis

C. oXatan

3. Arthur écrit son journal de bord sur :

A. un holographorg

B. un cyborg

C. un naviborg

4. Diana est affolée parce qu'elle a vu dans la forêt :

A. des ogres

B. des oiseaux exotiques

C. des bêtes sauvages

5. Jester est enfermé dans le cabanon parce qu'il :

A. a eu une mauvaise note en maths

B. a emprunté la barque sans permission

C. s'est échappé du Bunker

6. Grâce à la découverte de Jester, les adolescents sont désormais en possession :

A. d'un fichier MP3

B. d'un microdisk

C. d'un microfilm

7. L'ogre, après avoir capturé Arthur, l'emporte :

A. au pied de la pyramide

B. dans la cuve

C. vers le marécage

8. Sandoval est :

A. tireur d'élite pour une société de surveillance terrienne

B. enquêteur pour le Comité d'Éthique Mondial

C. inspecteur de la police de Deimos II

9. Arthur découvre la vérité sur son origine :

A. en écoutant le récit de Sandoval

B. en lisant le contenu d'un microdisk subtilisé à Sandoval

C. en parlant avec la Voix

10. Armistad est devenu oXatan :

A. en subissant une opération chirurgicale

B. en se retirant dans un temple maya au Mexique

C. en séjournant dans la cuve

Jouons sur les mots

Saurez-vous dévoiler mon identité ?

Retrouvez quels personnages du roman se cachent derrière ces définitions.

1. Mon nom est issu de la mythologie grecque. Je suis tombée amoureuse du fils de Thésée et de Phèdre. J'ai cru qu'il m'avait abandonnée, alors je me suis jetée à la mer. Les dieux m'ont prise en pitié et m'ont rendu la vie en me donnant l'apparence d'un amandier.

Je suis ....

2. Je porte le nom d'un glorieux héros de la légende médiévale. Avec les autres chevaliers de la Table ronde, mes compagnons, j'ai remporté de nombreuses batailles.

Je suis ....

3. J'ai reçu le même prénom qu'une déesse de la mythologie latine, protectrice de la nature sauvage et célèbre pour ses exploits à la chasse.

Je suis ....

4. En anglais, mon prénom signifie « fou du roi » ou « bouffon ». Dans le roman, je suis le plus insouciant des quatre adolescents.

Je suis ....

5. La circulation de mon premier est nécessaire à la vie ; mon second fait partie de la gamme ; mon troisième désigne une vallée très large ; mon tout est un personnage de *Projet oXatan*.

Il s'agit de ....

Traductions créatives

On relève dans le roman les anglicismes suivants : shotgun, idel (Interactive Digital Entertainment and Leisure), sniper, T-shirt. À vous d'inventer des mots français qui correspondent à leur signification.

Shotgun : ....

Idel : ....

Sniper : ....

T-Shirt : ....

Bug : ....

Mots-valises

Dans *Projet oXatan*, on rencontre des personnages appelés « androbots ». Il s'agit d'un mot-valise composé du terme « androïde » (tiré d'*andros*, « homme », en grec ancien) et du vocable « robot ». À partir

de la syllabe « ro » commune à ces deux mots, on les fait fusionner pour en créer un troisième, riche d'une double signification.
En reprenant le même procédé, imaginez des lieux, des machines ou des créatures du XXVIe siècle, vivant sur Mars ou ailleurs.

Des dates en désordre

À quoi correspondent les dates suivantes ?

En vous reportant au roman, associez à chaque date l'événement qui lui correspond.

2471	•	•	Arthur a 13 ans (c'est aussi l'année où se déroule le roman)
2525	•	•	grand attentat en Californie : un million de morts à la suite de l'explosion d'une bombe posée au fond de la mer
2528	•	•	mort du livreur Mark Levine
2530	•	•	naissance d'Arthur
2534	•	•	projet de conception d'« enfants artificiels améliorés » lancé à Detroit
2541	•	•	naissance d'Armistad sur Terre

Rétablir la chronologie interne du roman

Voici, pêle-mêle, les événements qui se sont déroulés dans *Projet oXatan*. À vous de les remettre en ordre, en tenant compte de la chronologie interne du roman.

A. oXatan force Arthur et Phyllis à le suivre sous la menace d'une arme.

B. Les adolescents fuguent du Bunker et rentrent le soir sans Jester qui s'est perdu dans la forêt.

C. MG tue Diana d'un coup de fusil malencontreux.

D. Les filles rapportent le microdisk.

E. Le vaisseau de Sandoval vole en direction de Deimos II avec à son bord Phyllis et Arthur.

F. Arthur s'enfuit du Bunker.

G. Sandoval abat MG à cause de Jester.

H. Arthur décrit l'Éden et le Bunker.

I. MG intervient pour délivrer Arthur, Phyllis et Jester.

J. MG, en retrouvant le nœud de Diana, s'aperçoit que l'adolescente est sortie sans autorisation ; elle enferme Diana à son tour.

K. Arthur et Phyllis s'enfuient avec Sandoval blessé.

L. Un ogre capture Arthur et l'emporte à la pyramide.

M. Arthur allume son naviborg dans le vaisseau et s'apprête à supprimer son journal.

N. Arthur fait le portrait des trois autres adolescents.

O. Arthur découvre la vérité sur son origine et celle de ses trois amis.

P. Sandoval délivre Arthur et le conduit jusqu'à la cuve.

Q. Les deux filles sortent de nuit pour repérer l'emplacement du trésor signalé par Jester.

R. Sandoval va au Bunker pour parlementer avec MG, qui finit par lui tirer dessus et le blesse.

S. À son retour, le lendemain, Jester est enfermé dans le cabanon par MG.

1 : ... ; 2 : ... ; 3 : ... ; 4 : ... ; 5 : ... ; 6 : ... ; 7 : ... ; 8 : ... ; 9 : ... ; 10 : ... ; 11 : ... ; 12 : ... ; 13 : ... ; 14 : ... ; 15 : ... ; 16 : ... ; 17 : ... ; 18 : ... ; 19 : ...

Comment vivrons-nous demain ?

Le robot est-il l'avenir de l'homme ?

Quel ne fut pas l'effarement d'Arthur lorsqu'une main gigantesque se posa sur lui dans la forêt et qu'un énorme ogre bleu le souleva « comme une vulgaire marchandise » pour l'emporter à la pyramide ! Mais n'est-ce pas ce qui nous guette nous aussi dans quelques années, comme l'indique l'article suivant ? Au Japon, des scientifiques tentent de concevoir un robot capable d'assister les personnes âgées et de les porter dans ses « bras ».

Japon – Dans les bras d'un robot sensible

Après avoir appris à se déplacer, s'exprimer, reconnaître, voire sentir, les robots sont en passe d'acquérir le sens du toucher. À Nagoya, au Centre de recherche sur le contrôle biométrique, dépendant de l'Institut Riken, des scientifiques travaillent à la mise au point d'une peau artificielle à appliquer sur une machine afin d'«établir le contact», précise le professeur Toshiharu Mukai. «Jusque-là, la tendance était d'éviter que les robots entrent en contact avec leur environnement.» Ces scientifiques se sont inspirés de la peau des mammifères. La première peau prototype est constituée de deux couches, l'une dure, en plastique, l'autre souple, en éponge. Entre ces deux épaisseurs, une multitude de capteurs tactiles enregistrent les variations de pression à la surface. Traduites en signaux électriques, ces informations sont alors transmises à l'unité centrale, le cerveau du robot. Cette peau a été testée sur le robot Ri-Man imaginé pour évoluer en milieu hospitalier, dans une société japonaise vieillissante qui conçoit le robot comme un assistant de vie. Sa fonction principale est de pouvoir porter des personnes dans ses bras. Cinq morceaux de «peau» ont été placés au niveau des avant-bras, des bras et du thorax de Ri-Man. Grâce aux capteurs, le robot peut corriger son

© AFP

■ Le robot sensible Ri-Man.

équilibre et la répartition des forces appliquées. «Le corps humain, à la différence d'un objet, est extrêmement flexible, explique M. Mukai. Il est difficile de savoir comment répartir les forces, assurer l'équilibre et maîtriser les mouvements de la personne portée.»

Les chercheurs ont pu faire progresser la réactivité de la peau artificielle : de 15 millisecondes, ce temps de réaction à la pression est descendu à 1 milliseconde.

Philippe Mesmer, 15 janvier 2007, in «Vivre en 2020»,
© *Le Monde*, hors série, octobre 2007, p. 11.

1. De quel nouveau sens ces robots seront-ils dotés ?
2. Quelle fonction supplémentaire pourront-ils assumer ?
3. Que pensez-vous du fait que des robots remplacent des êtres humains pour aider les personnes âgées ?

Les adolescents de *Projet oXatan* finissent par découvrir la cuve fabriquée par Armistad pour concevoir des enfants artificiels sans aucune intervention humaine. La vie humaine peut-elle réellement se développer dans un tel contexte ? Dans un entretien publié dans *Le Monde*, le 3 juillet 2006, René Frydman, chef du service de gynécologie-obstétrique de l'hôpital Antoine-Béclère à Clamart (Hauts-de-Seine), répond à cette question.

[Un utérus artificiel]

« Que pensez-vous du projet futur de créer un utérus artificiel ?

– Je ne crois pas qu'un tel système puisse être mis au point dans le prochain demi-siècle. Tant d'éléments interviennent pour qu'un embryon se développe… Le moindre dérèglement a des conséquences : retards de croissance, perturbations de certaines fonctions neurologiques… De plus, le contact intime avec la future mère et les liens affectifs qui se tissent durant la grossesse sont essentiels. Comment recréer une telle présence, jour et nuit, durant neuf mois ? Il me semble que le fait de porter un enfant au sein d'un utérus naturel restera, dans l'avenir tel que nous pouvons l'appréhender, la seule et unique manière d'assurer notre descendance.»

Propos recueillis par Michel Alberganti
et Jean-Yves Nau, 3 juillet 2006, in «Vivre en 2020»,
© *Le Monde*, art. cit., p. 35.

La ville du futur

L'univers urbain n'est guère présent dans *Projet oXatan*, si ce n'est par l'allusion à Deimos II, lieu synonyme de « civilisation » dans le roman. Mais Fabrice Colin nous en dit plus sur cette ville imaginaire au début de sa nouvelle « Potentiel humain 0,487 ».

[Deimos II]

Deimos II : sur les pentes du mont Olympe, la cité du futur vous attend !

Bienvenue !

Bienvenue à Deimos II, troisième cité martienne par sa population mais première en termes de développement économique ! Située aux abords du fantastique mont Olympe (altitude : 26 kilomètres), Deimos II est aujourd'hui le plus brillant symbole de la prospérité martienne. Tout ce que vous pouvez attendre d'une métropole en pleine expansion se trouve ici : un complexe industriel à la pointe de l'innovation, des infrastructures ultramodernes offrant toutes les garanties rêvées, un réseau de transports parfaitement sécurisé et des résidences néopyramidales tout confort. Votre plaisir ne sera pas oublié : venez découvrir nos trois parcs d'attraction géants et dépenser une partie de votre imposant salaire dans nos célébrissimes casinos-labyrinthes. Ou bien partez en excursion sur les pentes de nos canyons verdoyants, au cœur des plus beaux paysages qu'une planète terraformée puisse offrir. N'hésitez plus ! Si, comme nous, vous estimez qu'il est temps de passer à la vitesse supérieure, alors notre ville est celle dont vous avez toujours rêvé.

Deimos II : quand l'ambition est un art, et la réussite un mode de vie.

(Extrait d'un message publicitaire diffusé sur Channel Ultimate.)

Fabrice Colin, « Potentiel humain 0,487 »,
in *Les Visages de l'humain*,
© Mango Jeunesse, coll. « Autres Mondes »,
2001, p. 37-38.

1. Quel est le but de ce message publicitaire ?

2. Quels moyens stylistiques sont utilisés pour parvenir à ce but ?

3. À votre avis, cette présentation correspond-elle à la réalité ?

4. Cette description de Deimos II vous fait-elle rêver ? Justifiez votre point de vue.

MG a expliqué à Arthur et à ses compagnons que « la Terre était devenue une planète morte. Plus un centimètre carré de nature sauvage ». Naturellement, elle offre aux adolescents une vision partiale et déformée de la Terre pour les dissuader de s'y rendre. Cependant, l'ampleur et la rapidité des changements climatiques et géopolitiques au fil des années sont telles que des solutions doivent être trouvées pour préserver l'environnement mais aussi, entre autres, pour harmoniser le développement du tissu urbain mondial, comme en témoigne l'article suivant :

Demain la ville idéale ?

Dense, mixte, aérée… Comment vont vivre les 5 milliards d'urbains de 2030 ?

Pour la première fois, en 2007, la population urbaine dépasse la population rurale. En 2030, les citadins seront 5 milliards et représenteront 60 % de la population mondiale selon le Programme des Nations unies pour l'habitat (PNUH).

Cette croissance aura lieu à 95 % dans les pays pauvres, les villes du monde développé étant déjà passées par cette étape. Ainsi, tandis que les agglomérations de Tokyo ou Paris resteront relativement stables ces dix prochaines années (respectivement 35 et 10 millions d'habitants), celle de Mumbai en Inde passera de 18 à 22 millions, celle de Shanghaï de 14,5 à 17 millions, celle de Dacca au Bangladesh de 12 à 17 millions. Lagos, capitale du Nigeria, comptera 16 millions d'âmes, Karachi au Pakistan 15 millions, etc. Dans vingt-cinq ans, les villes des pays en voie de développement abriteront 4 milliards d'habitants, soit 80 % des citadins du monde.

À quoi ressembleront ces villes ? C'est « la question clé pour l'avenir de la planète », prévient la géographe allemande Frauke Kraas. Qu'adviendra-t-il si rien n'est fait pour organiser la croissance urbaine ? « De gigantesques agglomérations rassembleront une population qui souffrira de malnutrition et de maladies, imagine Nefise Bazoglu, l'une des responsables du PNUH. La population devra s'accommoder d'infrastructures congestionnées[1]. Des montagnes de déchets domineront le paysage. Les lieux de travail et d'habitation seront de plus en plus éloignés et les travailleurs passeront des heures pour se rendre au travail. Les opportunités d'investissement diminueront. La ville à grande échelle deviendra un cancer qui empêche le développement, plutôt qu'un avantage économique. »

Gaëlle Dupont, © *Le Monde*, Dossiers et Documents, n° 369, novembre 2007.

1. À quel type de texte se rattache cet article ?

2. Relevez-en les marques caractéristiques.

3. Quelle vision est portée sur le développement urbain et les villes du futur ?

---

1. ***Congestionnées*** : saturées, à la fois trop nombreuses et utilisées par un trop grand nombre de personnes.

Alternative à Deimos II, la ville imaginée par Fabrice Colin, voici Dongtan, projet de ville écologique qui devait voir le jour en 2010 à l'occasion de l'Exposition universelle de Shanghai mais dont la réalisation se trouve retardée.

[Dongtan, ville écologique du futur]

Nous sommes en 2010 à Dongtan, première «ville écologique» du monde. Née de rien, au milieu des *marais*, la cité se situe à l'extrémité orientale de Chongming[1], à l'embouchure du Yangzi. Aucun des immeubles ne dépasse huit étages. Les toits sont recouverts de gazon et de plantes vertes pour isoler les bâtiments et recycler l'eau. La ville réserve à chaque piéton six fois plus d'espace que Copenhague (Danemark), l'une des capitales les plus aérées d'Europe. Des bus propres, à piles à combustible, relient les quartiers. Jusqu'à 80 % des déchets solides sont recyclés. En flambant dans une centrale thermique, les déchets organiques génèrent une partie de l'électricité. Chaque immeuble possède ses propres éoliennes[2], de petite taille, et des panneaux à cellules photovoltaïques[3]. Dongtan est, en cette année 2010, l'une des attractions offertes aux visiteurs de l'Exposition universelle de Shanghai…

Ce projet futuriste répond à une évidence : la nécessité pour la Chine, emportée dans une folie constructrice, de privilégier désormais la qualité de sa croissance. Cela suppose une stratégie d'urbanisation radicalement nouvelle, écologiquement durable. «Il faut faire à Dongtan la démonstration de ce qui est possible en matière d'énergies renouvelables, de transports propres et de modes de vie. Le modèle a été imaginé pour servir d'exemple à toute la Chine», explique Ma Chengliang, directeur de la société mixte Shanghai Industrial Investment Corporation (SIIC), qui a fait appel, pour la conception de Dongtan, à un géant du conseil en ingénierie, le Britannique Arup. Objectif fixé : une «empreinte écologique de 2 hectares par personne,

---

1. ***Chongming*** : subdivision administrative de Shanghai en Chine, composée de trois îles : Chongming, Changxing et Hengsha.
2. ***Éoliennes*** : machines à capter l'énergie du vent.
3. ***Photovoltaïques*** : qui convertissent directement une énergie lumineuse en énergie électrique.

trois fois moins qu'à Londres, Shanghai ou Paris», assure Peter Head, directeur d'Arup. Cette «empreinte» est une unité de calcul représentant la superficie de terre nécessaire pour assurer la survie d'un individu. Preuve de l'importance politique de l'opération : le contrat a été signé, en novembre 2005, à Londres, en présence de Tony Blair[1] et du président chinois Hu Jintao. Et deux autres villes nouvelles «écologiques» ont été commandées. Dongtan devrait compter entre 50000 et 80000 habitants en 2010, puis 500000 en 2050.

Jean-Pierre Langellier et Brice Pedroletti, 17 avril 2006, in «Vivre en 2020», © *Le Monde*, art. cité, p. 40.

1. Quels sont les éléments constitutifs de cette ville « verte » ?
2. Certaines mesures écologiques sont déjà en vigueur en France ou ailleurs. Pouvez-vous en citer quelques-unes parmi elles ?
3. Comment imaginez-vous votre environnement dans une dizaine d'années ?

Visiter la planète rouge

Pourrez-vous bientôt visiter la planète rouge et découvrir les paysages décrits par Arthur dans son journal de bord ? L'article suivant l'envisage, mais signale les nombreux obstacles qu'il reste à surmonter avant d'aller en vacances sur Mars....

Avez-vous réservé sur Mars pour l'été 2020 ?

Qui n'a pas encore son billet pour l'espace ? Depuis 2006, les annonces, les essais se succèdent à une cadence telle que l'on croirait déjà entendre les haut-parleurs convoquer les vacanciers du cosmos pour un embarquement immédiat.

En septembre 2006, l'Américaine Anousheh Ansari est devenue la première femme à monter dans une fusée Soyouz pour dix jours de

1. *Tony Blair* : Premier ministre du Royaume-Uni de 1997 à 2007.

■ Dongtan, ville écologique.

« vacances » à bord de la Station spatiale internationale (ISS). Quatre hommes ont également versé chacun environ 20 millions de dollars à la société américaine Space Adventures qui commercialise le siège payant du vaisseau russe. Depuis juillet 2006, un peu au-dessus de l'ISS, tourne Genesis 1, une structure gonflable qui préfigure les rêves d'hôtel en orbite d'un magnat[1] américain de l'immobilier. Sur Terre, les chantiers de spatiodromes commerciaux se multiplient.

Les promoteurs de ces nombreux projets rivalisent de prévisions optimistes : en 2020, les visiteurs du cosmos se compteraient par dizaine de milliers. Tous jurent que, cette fois, c'est du sérieux, que le vieux rêve de transformer l'espace en base de loisirs est en train de prendre forme aussi sûrement et rapidement que l'aviation commerciale s'est imposée au cours du XXe siècle.

Cette comparaison est-elle si pertinente ? Dans un rapport sur le transport spatial, l'Académie nationale de l'air et de l'espace (ANAE) douche l'euphorie ambiante : « À l'horizon de cinquante ans, nous n'imaginons pas une évolution comparable à celle qui a mené des aéroplanes des frères Wright aux avions de transport moderne. Pourquoi ? Parce qu'il sera nécessaire de réduire considérablement les coûts de lancement, parce que le tourisme de masse nécessitera une adaptation coûteuse des moyens de transport pour répondre aux besoins en fiabilité, confort et fréquence de vol. » [...]

Toutefois, il reste plusieurs difficultés majeures à régler. La sécurité, évidemment : au premier mort, c'est la survie même du secteur qui serait menacée. Le coût des assurances pourrait aussi dissuader nombre de candidats. Si d'aventure des touristes voulaient tenter des promenades à des altitudes plus extrêmes, toutes les contraintes seraient décuplées. « On peut trouver des clients, écrit l'ANAE, mais on ne peut pas parler de tourisme spatial tant qu'un seul vol coûtera 10 millions d'euros par individu. » [...]

Jérôme Fenoglio, 18 septembre 2006,
in « Vivre en 2020 », © *Le Monde*, art. cité, p. 60.

---

1. ***Magnat*** : puissant représentant du capitalisme.

■ Irons-nous vivre sur Mars ? Et si l'on n'envisageait pas seulement de visiter la planète rouge (p. 194) mais aussi de la terraformer pour y habiter ? C'est ce scénario qu'imagine Fabrice Colin dans *Projet oXatan*. La réalité pourrait bien rejoindre la fiction : nombreuses sont les sondes envoyées sur Mars pour y détecter des traces de vie, en étudier l'atmosphère et le climat, et y rechercher des ressources en eau et en minerais exploitables pour permettre à l'homme de s'y installer un jour. Grâce à son robot, la sonde Pathfinder analyse ainsi les roches martiennes (1997).

Littérature et créatures artificielles

Mary Shelley, *Frankenstein* (1818), ou le rêve démiurgique

Naissance de la créature

Dans le roman de Fabrice Colin, Armistad incarne un personnage de savant qui cherche à repousser les limites de la science pour accéder au rang de créateur. Il s'absorbe tout entier dans son fameux « projet oXatan » mais, en le faisant éclore, il provoque sa propre perte. En effet, comme le souligne Albert Camus, « se révolter contre la nature revient à se révolter contre soi-même[1] ». Armistad devient lui-même la victime de la matrice qu'il a créée : elle le transforme en « sorte d'homme-machine », de « cyborg aux membres atrophiés, remplacés, se déplaçant sur un petit fauteuil roulant » (p. 169).
Par sa démesure, il ressemble au personnage éponyme du roman fantastique de l'Anglaise Mary Shelley (1797-1815) : *Frankenstein*. Dans ce récit, le savant fou Frankenstein imagine un être entièrement composé de morceaux de cadavres cousus entre eux et lui insuffle la vie par des impulsions électriques. Il utilise sa « science impie » pour élaborer une créature monstrueuse.

Après des jours et des nuits de labeur et de fatigue incroyables, je réussis à découvrir la cause de la génération et de la vie ; bien plus, je devins capable, moi-même, d'animer la matière inerte.

L'étonnement que j'éprouvai tout d'abord à cette découverte fit bientôt place à la joie et à l'enthousiasme. […] Je ne savais d'abord si j'essaierais de créer un être semblable à moi ou un organisme

1. Albert Camus, *L'Homme révolté*, Gallimard, coll. « Bibliothèque de la Pléiade », 1965, p. 439.

plus simple ; mais mon imagination était par trop exaltée par mon premier succès pour me laisser mettre en doute la possibilité pour moi de donner la vie à un animal aussi complexe et aussi merveilleux que l'homme. Les matériaux que j'avais alors à ma disposition ne paraissaient guère suffisants pour une entreprise aussi ardue, mais je ne doutais point de ma réussite finale. Je préparai mon esprit à une quantité de revers ; mes tentatives pourraient échouer sans cesse et mon œuvre se trouver enfin imparfaite ; pourtant, quand je considérais chaque jour le progrès de la science et de la mécanique, j'arrivais à espérer que mes essais actuels poseraient au moins les bases du succès à venir ; je ne regardais d'ailleurs pas l'immensité et la complexité de mon projet comme une preuve qu'il fût impraticable. C'est dans ces sentiments que je me mis à créer un être humain. Comme la petitesse de ses diverses parties constituait un grave obstacle à la rapidité de mon travail, je résolus, contrairement à mon intention première, de lui donner une stature gigantesque, c'est-à-dire d'environ huit pieds de hauteur, et d'une largeur proportionnée. Après avoir pris cette décision, et passé plusieurs mois à rassembler et disposer convenablement mes matériaux, je commençai mon œuvre.

Nul ne peut concevoir les sentiments variés qui me poussaient en avant, tel un ouragan, dans le premier enthousiasme du succès. La vie et la mort m'apparaissaient comme des limites idéales que je devrais d'abord franchir pour déverser sur notre monde ténébreux un torrent de lumière. Une espèce nouvelle bénirait en moi son créateur et sa source ; c'est à moi que devraient l'existence des quantités de natures heureuses et bonnes : nul père ne pourrait mériter la reconnaissance de son enfant comme je mériterais la leur.

Mary Shelley, *Frankenstein*, trad. Germain d'Hangest, GF-Flammarion, 1979, p. 113-115.

1. Quels sont les sentiments éprouvés par Victor Frankenstein ?
2. En quoi son projet outrepasse-t-il les limites de la nature humaine ?
3. Quels termes choisit-il pour se désigner, à la fin du passage ?
4. Quels éléments permettent d'établir un parallèle avec le personnage d'Armistad ?

Le créateur et sa créature

Lorsqu'il a achevé son œuvre, Frankenstein, le savant fou imaginé par Mary Shelley, prend conscience qu'il a donné vie à une créature hideuse. Pris de panique, il s'enfuit.

Depuis près de deux ans, j'avais travaillé sans relâche dans le seul but de communiquer la vie à un corps inanimé. Je m'étais privé de repos et d'hygiène. Mon désir avait été d'une ardeur immodérée, et maintenant qu'il se trouvait réalisé, la beauté du rêve s'évanouissait, une horreur et un dégoût sans bornes m'emplissaient l'âme. Incapable de supporter la vue de l'être que j'avais créé, je me précipitai hors de la pièce, et restai longtemps dans le même état d'esprit dans ma chambre, sans pouvoir goûter le sommeil.

Livré à lui-même, le monstre est rejeté par les hommes : son apparence difforme les effraie. Il nourrit bientôt des plans de revanche contre l'espèce humaine et contre celui qui l'a créé. Sa première victime est le frère de Frankenstein. Le monstre le tue et s'arrange pour faire accuser du crime une innocente. Frankenstein prend la mesure des conséquences de son projet démentiel.

[…] j'avais causé des maux irrévocables ; et je vivais dans une peur quotidienne que le monstre que j'avais créé ne perpétrât quelque atrocité nouvelle. J'avais le sentiment obscur que tout n'était pas fini, qu'il commettrait encore quelque crime étonnant, dont l'énormité effacerait le souvenir du passé. La peur avait toujours lieu d'être, tant que restait derrière moi une créature que j'aimais. On ne peut concevoir la haine que m'inspirait ce démon. Quand je pensais à lui, mes dents grinçaient, mes yeux s'enflammaient, et je souhaitais de tout mon être d'éteindre cette existence que j'avais si légèrement donnée. Quand je réfléchissais à ses crimes et à sa méchanceté, ma haine et mon désir de vengeance renversaient toutes les barrières de la modération.

Dans *Frankenstein*, Mary Shelley explore les méandres de l'esprit humain et laisse s'exprimer les réactions du créateur d'une part, de sa créature d'autre part, créant un tragique contraste entre un Frankenstein qui renie son « monstre » et une créature terrifiante qui s'acharne à réclamer amour et reconnaissance. De ce point de vue, *Projet oXatan*, exploitant cette thématique fantastique, offre une perspective inversée de la relation qui s'établit entre un créateur et sa créature. Armistad, emporté par une sinistre folie, se considère comme la « mère » des adolescents, lesquels rejettent cet immonde simulacre de figure maternelle.
Le passage suivant souligne la quête d'amour désespérée du monstre auprès de Frankenstein.

« Je m'attendais à cet accueil, dit le démon. Tous les hommes haïssent les malheureux ; à quel point dois-je donc être haï, moi dont le malheur dépasse celui de toutes les créatures vivantes ! Et pourtant, c'est toi, mon créateur, qui me détestes et me méprises, moi ta créature, à laquelle tu es lié par des liens que l'anéantissement de l'un de nous peut seul rendre dissolubles. Tu veux me tuer. Comment oses-tu jouer de la sorte avec la vie ? Fais ton devoir à mon égard, et je m'acquitterai du mien, envers toi et envers le reste de l'humanité. [...] Souviens-toi, tu m'as fait plus puissant que toi-même ; ma taille est plus grande, mes articulations plus souples. Mais je ne serai pas tenté de m'opposer à toi. Je suis ta créature, et j'irai jusqu'à obéir doucement et docilement à mon maître et à mon roi naturel, si tu veux aussi t'acquitter de ton rôle, de ton devoir envers moi. Oh ! Frankenstein, ne sois pas équitable à l'égard de tout autre être, pour me fouler seul aux pieds, moi à qui sont dues ta justice, et même ta clémence et ton affection. Souviens-toi ! je suis ta créature ; je devrais être ton Adam[1] ; mais je suis bien plutôt l'ange déchu que tu chasses loin de la joie, bien qu'il n'ait pas fait le mal. Partout je vois le bonheur, et j'en suis irrévocablement privé. J'étais bienveillant et bon ; la

1. ***Ton Adam*** : le monstre est la créature de Frankenstein, comme Adam est la créature de Dieu.

misère a fait de moi un démon. Rends-moi la joie, et je redeviendrai vertueux. »

Mary Shelley, *Frankenstein*, éd. cit., p. 119-120, 161 et 170-171.

1. Dans le premier extrait (p. 206), quel paradoxe est soulevé ? Relevez les termes dont l'opposition fait sens.
2. Repérez quel est le champ lexical dominant dans le deuxième extrait (p. 206). Qu'en déduisez-vous sur les sentiments éprouvés par Frankenstein envers sa créature ?
3. Dans le troisième extrait (p. 207), comment la créature réagit-elle ? Sur quel aspect de la relation avec son créateur insiste-t-elle ?

Fabrice Colin, « Potentiel humain 0,487 » (2001), ou le syndrome de Coppélia

Dans *Projet oXatan*, les quatre héros sont des adolescents comme les autres, chacun avec ses caractéristiques physiques et psychologiques propres. Rien ne les distingue des adolescents de leur âge, si ce n'est qu'ils vivent à l'écart du monde, dans un Éden clôturé. Mais ils découvrent brutalement qu'ils ont été conçus dans une cuve, « aux bons soins » d'une intelligence artificielle. Se pose alors l'angoissante question de leur identité, à laquelle Sandoval répond tant bien que mal : « J'ignore ce que vous êtes. Humains, posthumains, androïdes ? Ce ne sont que des mots, de stupides catégories. Tout ce que je sais, c'est que vous ressentez des choses, comme tous les autres enfants. Vous souffrez, vous rêvez, vous riez, vous pleurez. Vous êtes réels » (p. 134). Cette question de l'identité est un thème cher à Fabrice Colin, qu'il a par ailleurs déjà abordé dans sa nouvelle « Potentiel humain 0,487 ». Dans ce récit qui relève de la science-fiction, un homme, Humberdeen, se « robotise » progressivement, jusqu'à abdiquer presque totalement son humanité. En effet, Humberdeen, qui a ouvert avec le narrateur Olivier Tattum une station-service à Deimos II, commence par vendre un de ses bras pour venir à bout de leurs difficultés financières. Le narrateur s'inquiète, voyant là un engrenage infernal menant au « syndrome de Coppélia ».

Mon ami avait vendu son bras à un laboratoire de cybergénétique. On lui avait mis une prothèse en métal à la place. Et on lui avait donné de l'argent. Pour le gain publicitaire lié au logo. Et l'utilisation éventuelle du membre organique… plus tard.

«Tu es complètement fou, dis-je. Tu as pensé au syndrome de Coppélia ?

– J'étais sûr que tu réagirais comme ça.

– Mais enfin…

– Tss, tss, me coupa-t-il en levant sa main métallique. Pour commencer, l'opération est entièrement sans douleur. Mais en plus de ça, ils te gardent ton bras. Ils le cryogénisent. Et tiens-toi bien, tu as dix ans pour le récupérer. Dis ans, te rends-tu compte ! Dans quelques mois, j'irai le rechercher. C'est juste le temps de nous refaire une santé.»

.

Le mécanisme implacable étant enclenché, Humberdeen, par appât du gain et par désir de soustraire son corps à l'usure et au vieillissement, fait remplacer progressivement tous ses membres par des prothèses métalliques.

Je secouai lentement la tête.

«Humberdeen…

– Quoi ? Tu *voulais* que je le fasse. Tu n'attendais que ça.

– Ce n'est pas…

– Avec cinquante mille crédits, nos ennuis sont définitivement terminés. Et cette jambe, je l'aime, tu comprends ? »

Il passa sa main sur le métal en fermant les yeux.

«Si j'en avais deux pareilles, je pourrais faire des bonds de six mètres de haut. Vingt en longueur.»

J'étais abasourdi.

« Mais tu ne serais plus toi-même, dis-je.

– Qu'est-ce que tu racontes ? répondit vivement Humberdeen. Je suis un être humain. Je le serai toujours. L'âme est à l'intérieur du corps, murmura-t-il en se frappant la poitrine. C'est ça qui est important. Le reste, nos membres… Ils ne sont pas très perfectionnés. Ils vieillissent. Leurs performances sont médiocres. Pense à ça. si j'avais deux jambes comme celle-ci, je pourrais travailler deux fois plus.

– Pour quoi faire ? demandai-je.

– Je ne sentirais plus la fatigue. »

Je me grattai la nuque en poussant un soupir.

« Promets-moi que c'est la dernière fois », dis-je.

Humberdeen m'adressa un clin d'œil et tourna les talons. Je le vis sautiller sur sa jambe métallique. Il était un peu déséquilibré, mais sa démarche était incontestablement plus rapide. Je me sentis soudain très triste.

Dans sa nouvelle, Fabrice Colin donne une définition « clinique » du fameux syndrome de Coppélia dont est atteint Humberdeen.

Syndrome de Coppélia **Méd.** Déficit d'humanité constaté chez certains cyborgs humains. Les sujets perdent leur aptitude à éprouver des sentiments, et se comportent comme de véritables robots. Le syndrome est dégénératif. Il n'existe aucun traitement fiable connu. **Origine** : Coppélia est un personnage du folklore allemand, un automate dont un pauvre homme exalté tombe tragiquement amoureux, croyant qu'elle est humaine.

Fabrice Colin, « Potentiel humain 0,487 »,
© Mango Jeunesse, *op. cit.*, p. 45, 50-51 et 58.

« Potentiel humain 0,487 » constitue un contrepoint à *Projet oXatan*. Alors que dans le roman les adolescents, artificiellement conçus et élevés par une intelligence artificielle, font preuve d'une humanité bien réelle, Humberdeen, dans la nouvelle, se robotise totalement. Le syndrome de Coppélia dont il est victime fait, comme le souligne Fabrice Colin, directement référence au « folklore allemand », plus précisément à la nouvelle fantastique de Hoffmann, « L'Homme au Sable » (1816-1817). Dans ce récit, Nathanaël tombe amoureux d'Olimpia, fille de Coppelius qui la tient soigneusement à l'écart de la société. Dans les traits de Coppelius, comme dans ceux d'un marchand de baromètres appelé Coppola, Nathanaël reconnaît l'homme au Sable, le personnage maléfique dont le menaçait autrefois sa nourrice, celui-là même qu'il rend responsable de la mort de son père. À l'occasion d'un bal donné en l'honneur d'Olimpia, tous, à l'exception de Nathanaël aveuglé par son amour, remarquent que la jeune fille n'a rien d'humain. Sigismond, un ami de Nathanaël, essaie de lui rendre la raison avant qu'il soit trop tard.

Elle nous a semblé… – ne te fâche point, frère, – elle nous a semblé à tous sans vie et sans âme. Sa taille est régulière, ainsi que son visage, il est vrai, et elle pourrait passer pour belle, si ses yeux lui servaient à quelque chose. Sa marche est bizarrement cadencée, et chacun de ses mouvements lui semble imprimé par des rouages qu'on fait successivement agir. Son jeu, son chant, ont cette mesure régulière et désagréable, qui rappelle le jeu de la machine ; il en est de même de sa danse. Cette Olimpia est devenue pour nous un objet de répulsion, et nous ne voudrions rien avoir de commun avec elle ; car il nous semble qu'elle appartient à un ordre d'êtres inanimés, et qu'elle fait semblant de vivre. »

Hoffmann, « L'Homme au Sable »,
trad. Loève-Veimars, GF-Flammarion,
coll « Étonnants Classiques », 2005.

Interview de Fabrice Colin

1. Vous êtes l'auteur de fictions pour adultes et de récits pour la jeunesse. Votre démarche diffère-t-elle selon le public auquel vous vous adressez ?

J'écris pour les adultes des romans compliqués et personnels souvent conçus pour dérouter le lecteur, voire le perdre. Je creuse mes obsessions, j'expérimente – toutes choses que je ne pourrais me permettre en littérature jeunesse. De mon point de vue, un texte publié dans une collection ados doit obéir à certaines règles, en termes de structure, de thématique *et* de langage.

Structure : il est préférable de privilégier les formes linéaires. L'adolescence est un âge crucial pour la lecture – un passage parfois difficile. Le but est de ne pas perdre le lecteur, de le prendre par la main, d'aplanir les obstacles devant lui. Ses exigences littéraires, si elles se développent, pourront sans peine être satisfaites par la suite.

Thématique : tout est abordable *a priori*, mais il faut « apporter » quelque chose au lecteur. Écrire sur l'inceste ou sur les camps de concentration si l'on n'a rien de spécial ou de personnel à raconter ne sert pas à grand-chose. Les scènes trop violentes sont inutiles, sauf si on écrit spécifiquement sur ce sujet et que le lecteur est prévenu d'une façon ou d'une autre. Même chose pour le sexe.

Langage : là encore, la marge de manœuvre est grande. Il est avant tout question de respect. Respecter le lecteur ado, c'est lui parler en tant que lecteur, et pas en tant que jeune. *L'Attrape-cœurs* [de Salinger], qui reste l'un des plus grands romans jeunesse jamais écrits (et qui s'adresse d'ailleurs tout autant aux adultes), développe un langage qu'aucun ado n'a jamais parlé, et que chacun comprend pourtant.

2. Dans vos textes, vous privilégiez les genres de la science-fiction et de la *fantasy*. Pourquoi ?

Il s'agit simplement d'une question de circonstances. J'ai commencé par écrire de la science-fiction et de la *fantasy* parce que j'ai rencontré un éditeur qui en publiait, et que c'est lui qui m'a poussé à écrire. J'ai une grande affection pour ces genres – ils restent ma terre natale – mais il n'est pas dit que je n'en explore pas d'autres à l'avenir.

3. Quels textes ou quels auteurs vous ont donné le goût de l'écriture ?

Quand j'avais treize ans, je prenais beaucoup de plaisir à lire *Conan* de Robert Howard, mais je ne peux pas dire que cela m'ait donné *envie* d'écrire. Un ou deux ans plus tard, je suis passé à Philippe Djian et, de là, à John Fante. Ces deux auteurs avaient en commun d'évoquer régulièrement leur métier. J'étais fasciné : l'écriture semblait receler une dimension physique, une part de combat qui m'échappait complètement. Plus tard, j'ai compris.

Parmi mes chocs littéraires – ceux qui ont suscité des envies violentes – on peut citer pêle-mêle Anne Rice, Richard Brautigan, Vladimir Nabokov et Bret Easton Ellis.

4. À quelle source d'inspiration a puisé l'écriture de *Projet oXatan* ?

Je ne suis pas un auteur à idée ou à concept : je pars généralement d'une image, d'une impression ou d'une envie. Je me souviens très bien comment est né *Projet oXatan*. J'arpentais les rues de Paris, et j'ai soudain reçu une sorte de flash : une pyramide maya sur la planète Mars. Qui avait édifié cette pyramide ? Que cachait-elle ? Qu'impliquait sa construction ? C'est ce qu'il me restait à découvrir.

L'inspiration est comme un fil. On tire dessus, mais on ne sait pas ce que l'on va trouver au bout. Parfois, rien – ou quelque chose de parfaitement inintéressant. À d'autres moments, le fil est d'or et vous mène très loin.

5. Roman de science-fiction, œuvre de *fantasy*, conte moderne, roman d'aventures : à quel genre appartient, selon vous, *Projet oXatan* ?

Pour moi, c'est un conte de fées dans un décor de science-fiction. Paradoxalement, la science-fiction est un genre avec lequel je ne me sens pas très à l'aise – la science-fiction pure, s'entend. Je n'ai pas de grandes idées, pas de messages à délivrer, et je ne possède pas la culture scientifique nécessaire pour apporter une pierre intéressante à l'édifice. Mais l'imaginaire de la science-fiction, les planètes, les technologies intangibles[1] : voilà qui me séduit beaucoup.

6. L'emploi du « X » majuscule au milieu du mot « oXatan » demeure énigmatique. Pouvez-vous nous aider à lever le mystère ?

On peut imaginer que le « X » marque l'emplacement d'un trésor sur une carte. Plus certainement, il incarne le croisement de quatre destinées. Une notion d'opposition et de lien.

7. Le roman s'offre comme une réflexion sur le progrès scientifique. Quel regard posez-vous sur ce dernier ?

Je crois en la capacité générale de l'humanité à s'autoréguler, à dresser des barrières quand le besoin s'en fait sentir. Le problème, c'est que les technologies modernes (nucléaire, biochimie, nanotechnologies[2]) peuvent aisément être détournées de leur usage premier ; entre des mains mal intentionnées, elles representent une indéniable menace pour la survie de la planète.

8. Votre récit suggère que le progrès scientifique conduit à repenser la notion d'humanité. Qu'est-ce qui fait l'humanité des quatre héros ?

Le désir, la curiosité, la capacité d'émerveillement. Au fond, mes personnages sont des adolescents comme les autres : ils veulent savoir et comprendre, ils veulent se confronter au monde. Le désir est à mon sens la chose la plus humaine au monde quand il s'oppose au besoin.

9. Le rêve tient une place importante dans le ressort dramatique du récit (rêve prémonitoire et mortifère de Phyllis, jour 1, et rêve d'Arthur après la découverte du microdisk, jour 9, par exemple) : quel rôle lui assignez-vous ?

C'est le grain de sable dans la machine. Le rêve est là pour nous rappeler que nous ne connaissons pas tout, que la science ne sera

---

1. ***Intangibles*** : littéralement, qu'« on ne peut toucher », puis symboliquement, « sacré, inviolable ». Ici, il s'agit de technologies tellement sophistiquées que la majorité des gens ne peut ni les concevoir ni en comprendre le fonctionnement.

2. ***Nanotechnologies*** : technologies permettant de produire et de manipuler des objets minuscules à l'échelle du milliardième de mètre (le nanomètre).

jamais toute-puissante. Le rêve, c'est le contact avec l'inconscient, l'affleurement des mystères primitifs. Je crois beaucoup aux rêves prémonitoires : ils n'ont rien de surnaturel à mes yeux. Nous baignons tous dans un océan de pensées et de désirs indéchiffrable. Parfois, nous saisissons des indices au vol, sans même le vouloir. C'est très beau.

10. Certaines scènes du roman sont particulièrement violentes (attitude de MG de plus en plus névrotique à l'égard des adolescents, confrontation d'Armistad avec Arthur et Phyllis, puis avec MG, morts brutales). N'avez-vous pas craint qu'elles choquent le lecteur ?

À dire vrai, je ne me suis pas posé la question en ces termes. Pour moi, la violence est supportable si elle a un sens. La folie de MG a un sens. Celle d'Armistad aussi. La violence insupportable de la vie, c'est perdre quelqu'un dans un accident de voiture.

J'avais choisi dès le départ de raconter une histoire dure. Quand on part avec une idée en tête, il faut s'y tenir, sinon à quoi bon écrire ?

11. « Plus ça va, et plus ce journal devient vital pour moi. Il *faut* que je raconte. Que je comprenne » (p. 129) ; « Écrire, ça peut vous sauver la vie, des fois » (p. 152). Quel rôle assignez-vous à l'écriture ?

L'écriture est justement ce qui donne un sens au monde, ce qui ordonne le chaos. L'explosion des blogs[1], qui revitalise la pratique du journal intime, est à cet égard très révélatrice. En écrivant, on comprend. Les mots sont des sortilèges. Ils emprisonnent le réel, nous permettent de le regarder à la loupe, de nous l'approprier. Sans l'écriture, l'humanité aurait probablement déjà disparu.

12. Pourquoi avez-vous choisi la forme du journal intime ? Était-il difficile d'emprunter la plume d'un adolescent ?

Non, au contraire : c'était plus simple. Je tenais moi-même un journal intime à l'âge d'Arthur. Je voulais que le lecteur partage l'expérience du personnage principal, qu'il entre dans sa peau comme j'y suis entré moi-même.

---

1. ***Blogs*** : sites Internet constitués de brefs écrits classés du plus récent au plus ancien, proches du journal de bord ou du journal intime.

13. Pensez-vous donner une suite à *Projet oXatan* ? Si oui, comment envisagez-vous ce nouveau volet ?

Pour moi, l'histoire est terminée. J'ai un temps caressé le projet de faire vivre de nouvelles aventures à Phyllis et à Arthur, et je suis vite retombé sur la question du respect. Écrire une suite peut répondre à une nécessité personnelle, mais c'est plus souvent une façon de surfer sur le succès d'un précédent opus. Le problème est d'autant plus épineux que si vous demandez au lecteur « veux-tu une suite ? », il répondra oui dans 99 % des cas. Eh bien, vous vous devez de ne pas écrire cette suite. L'écrivain n'est pas une machine au service des autres : il est l'expression même d'une vitalité, et c'est en suivant ses envies et ses impulsions qu'il donnera le plus de plaisir au lecteur.

14. Avec Elvire de Cock, vous êtes l'auteur d'une bande dessinée, *Tir nan Og* (2006). Le *Projet oXatan* pourrait-il être adapté en bande dessinée ? Certains aménagements seraient-ils nécessaires ?

Une adaptation serait simple. Des aménagements sont *toujours* nécessaires mais dans ce cas précis, ils seraient réduits à leur plus simple expression. Cependant, je n'ai déjà pas assez de temps pour exploiter toutes les nouvelles histoires que j'ai en tête – alors pourquoi me tourner vers les anciennes ?

Pour prolonger la lecture

Autres parutions de Fabrice Colin pour la jeunesse

Bal de givre à New York, Albin Michel Jeunesse, 2011.
La Vie extraordinaire des gens ordinaires, Flammarion, 2010.
La Fin du monde, Mango Jeunesse, 2009.
Le Maître des dragons, Albin Michel Jeunesse, 2008 [rééd. Hachette, Le Livre de poche, 2010].
La Malédiction d'Old Haven, Albin Michel, 2007.
Camelot, Seuil, 2007.
Memory Park, Mango Jeunesse, 2007.
Le Réveil des dieux, Hachette Jeunesse, 2006.
Le Syndrome Godzilla, Intervista, 2006.
Invisible, Mango Jeunessse, 2006.
Le Mensonge du siècle, Mango Jeunesse, 2004.
CyberPan, Mango Jeunesse, 2003.
Les Enfants de la Lune, Mango Jeunesse, 2001.

Quelques BD

Sur des thèmes de science-fiction (vie extraterrestre, villes du futur, etc.) ou sur des motifs fantastiques (relation créateur-créature) :

Bilal, *32 décembre*, Les Humanoïdes associés, 2002.
Bilal, *La Foire aux Immortels*, Les Humanoïdes associés, 1980 (premier volume de la trilogie *Nikopol*).
Bilal et Dionnet, *Exterminateur 17,* Les Humanoïdes associés, 1979.
Jean-Claude Mézières (dessins) et Pierre Christin (scénario), plusieurs tomes des aventures de *Valérian, agent spatio-temporel*, édités chez Dargaud.

Filmographie

Quelques suggestions de films autour des thèmes abordés dans *Projet oXatan* :

Adaptations de *Frankenstein*

Frankenstein, Kenneth Branagh, 1994, États-Unis (le monstre : Robert De Niro).

Frankenstein, James Whale, 1931, États-Unis (le monstre : Boris Karloff).

Créatures artificielles et extraterrestres « humanisées »

Super 8, Jeffrey Jacob Abrams, 2011, États-Unis.

La Guerre des mondes, Steven Spielberg, 2005, États-Unis.

Intelligence artificielle, Steven Spielberg, 2001, États-Unis (sur la conception d'un enfant artificiel doué de sentiments).

La Planète des singes, Tim Burton, 2001, États-Unis.

Gremlins, Joe Dante, 1984, États-Unis.

E.T., Steven Spielberg, 1982, États-Unis.

Blade Runner, Ridley Scott, 1982, États-Unis.

Rencontre du troisième type, Steven Spielberg, 1977, États-Unis (avec François Truffaut dans le rôle du professeur Lacombe, spécialiste des « phénomènes OVNI »).

Metropolis, Fritz Lang, 1927, Allemagne.

Hommes « robotisés »

Matrix, Andy et Larry Wachowski, 1999, États-Unis.

Edward aux mains d'argent, Tim Burton, 1990, États-Unis.

RoboCop, Paul Verhoeven, 1987, États-Unis.

Les Temps modernes, Charlie Chaplin, 1936, États-Unis (sur la « robotisation » de l'homme à l'ère industrielle).

Manipulations génétiques

Bienvenue à Gattaca, Andrew Niccol, 1998, États-Unis.

La planète Mars

Mission to Mars, Brian de Palma, États-Unis (2000).
Planète rouge, Anthony Hoffman, États-Unis (2000).
Total Recall, Paul Verhoeven, États-Unis (1990).

Parodies de films de science-fiction

Mars Attacks !, Tim Burton, 1996, États-Unis.
Doctor Who, série télévisée créée par Sydney Newman et Donald Wilson, 1963-1989 pour la première série (deuxième série lancée en 2005 et toujours en production), Royaume-Uni.

Notes et citations

Notes et citations

Dernières parutions

ALAIN-FOURNIER
Le Grand Meaulnes

ANOUILH
La Grotte

ASIMOV
Le Club des Veufs noirs

BALZAC
Le Père Goriot

BAUDELAIRE
Les Fleurs du mal – *Nouvelle édition*

BAUM (L. FRANK)
Le Magicien d'Oz

BEAUMARCHAIS
Le Mariage de Figaro

BELLAY (DU)
Les Regrets

BORDAGE (PIERRE)
Nouvelle vie™ et autres récits

CARRIÈRE (JEAN-CLAUDE)
La Controverse de Valladolid

CATHRINE (ARNAUD)
Les Yeux secs

CERVANTÈS
Don Quichotte

« C'EST À CE PRIX QUE VOUS MANGEZ DU SUCRE... » Les discours sur l'esclavage d'Aristote à Césaire

CHEDID (ANDRÉE)
Le Message
Le Sixième Jour

CHRÉTIEN DE TROYES
Lancelot ou le Chevalier de la charrette
Perceval ou le Conte du graal
Yvain ou le Chevalier au lion

CLAUDEL (PHILIPPE)
Les Confidents et autres nouvelles

COLETTE
Le Blé en herbe

COLIN (FABRICE)
Projet oXatan

CONTES DE SORCIÈRES
Anthologie

CONTES DE VAMPIRES
Anthologie

CORNEILLE
Le Cid – *Nouvelle édition*

DIDEROT
Entretien d'un père avec ses enfants

DUMAS
Pauline
Robin des bois

FENWICK (JEAN-NOËL)
Les Palmes de M. Schutz

FEYDEAU
Un fil à la patte

FEYDEAU-LABICHE
Deux courtes pièces autour du mariage

GARCIN (CHRISTIAN)
Vies volées

GRUMBERG (JEAN-CLAUDE)
L'Atelier
Zone libre

HIGGINS (COLIN)
Harold et Maude – *Adaptation de Jean-Claude Carrière*

HOBB (ROBIN)
Retour au pays

HUGO
L'Intervention, *suivie de* La Grand'mère
Les Misérables – *Nouvelle édition*

JONQUET (THIERRY)
La Vigie

KAPUŚCIŃSKI
Autoportrait d'un reporter

KRESSMANN TAYLOR
Inconnu à cette adresse

LA FONTAINE
Fables – *lycée*
Le Corbeau et le Renard et autres fables – *collège*

LAROUI (FOUAD)
L'Oued et le Consul et autres nouvelles

LEBLANC
L'Aiguille creuse

LONDON (JACK)
L'Appel de la forêt

MARIVAUX
La Double Inconstance
L'Île des esclaves
Le Jeu de l'amour et du hasard

MAUPASSANT
Le Horla
Le Papa de Simon
Toine et autres contes normands
Une partie de campagne et autres nouvelles au bord de l'eau
Bel-Ami

MÉRIMÉE
La Vénus d'Ille – *Nouvelle édition*

MIANO (LÉONORA)
Afropean Soul et autres nouvelles

MOLIÈRE
L'Amour médecin. Le Sicilien ou l'Amour peintre
L'Avare – *Nouvelle édition*
Le Bourgeois gentilhomme – *Nouvelle édition*
Dom Juan
Les Fourberies de Scapin – *Nouvelle édition*
Le Médecin malgré lui – *Nouvelle édition*
Le Médecin volant. La Jalousie du Barbouillé
Le Misanthrope
Le Tartuffe
Le Malade imaginaire – *Nouvelle édition*

MONTAIGNE
Essais

NOUVELLES FANTASTIQUES 2
Je suis d'ailleurs et autres récits

PERRAULT
Contes – *Nouvelle édition*

PRÉVOST
Manon Lescaut

RACINE
Phèdre
Andromaque

RADIGUET
Le Diable au corps

RÉCITS POUR AUJOURD'HUI
17 fables et apologues contemporains

RIMBAUD
Poésies

LE ROMAN DE RENART – *Nouvelle édition*

ROUSSEAU
Les Confessions

SALM (CONSTANCE DE)
Vingt-quatre heures d'une femme sensible

SCÈNES DE LA VIE CONJUGALE
Le couple au théâtre, de Shakespeare à Yasmina Reza

STENDHAL
L'Abbesse de Castro

STOKER
Dracula

LES TEXTES FONDATEURS
Anthologie

TRISTAN ET ISEUT

TROIS CONTES PHILOSOPHIQUES
(Diderot, Saint-Lambert, Voltaire)

VERLAINE
Fêtes galantes, Romances sans paroles *précédées de* Poèmes saturniens

VERNE
Un hivernage dans les glaces

VOLTAIRE
Candide – *Nouvelle édition*

WESTLAKE (DONALD)
Le Couperet

ZOLA
Comment on meurt
Jacques Damour
Thérèse Raquin

ZWEIG
Le Joueur d'échecs

Création maquette intérieure :
Sarbacane Design.

Composition : In Folio.

Dépôt légal : mars 2012
numéro d'édition : L.01EHRN000312.C005.
Imprimé en Espagne par Novoprint (Barcelone)